MAHARAJ

VINOD KUMAR GUPTA

BlueRose ONE.com
Stories Matter
NewDelhi • London

BLUEROSE PUBLISHERS
India | U.K.

Copyright © Vinod Kumar Gupta 2024

All rights reserved by author. No part of this publication may be reproduced, stored in a retrieval system or transmitted in any form or by any means, electronic, mechanical, photocopying, recording or otherwise, without the prior permission of the author. Although every precaution has been taken to verify the accuracy of the information contained herein, the publisher assumes no responsibility for any errors or omissions. No liability is assumed for damages that may result from the use of information contained within.

BlueRose Publishers takes no responsibility for any damages, losses, or liabilities that may arise from the use or misuse of the information, products, or services provided in this publication.

For permissionsrequests or inquiries regarding this publication, please contact:

BLUEROSE PUBLISHERS
www.BlueRoseONE.com
info@bluerosepublishers.com
+91 8882 898 898
+4407342408967

ISBN: 978-93-5989-869-8

Cover design: Rishav Rai
Typesetting: Rohit

First Edition: March 2024

प्रणाम

सर्वप्रथम, मैं अपने माता पिता को प्रणाम करता हूँ....भगवान् जी को प्रणाम करते हुए अपने लेखन को आगे बढ़ता हूँ.....मैंने इस पुस्तक में अपने समाज के अन्दर चल रहे विभिन्न घटनाक्रम के विषय पर अपने विचार प्रकट किये हैं....मैंने अपने अनुभव के आधार पर और इस धरती पर होने वाली अनेक अप्राश्यचित घटनाओं का जिक्र किया है.....जो मुझे लगती है कि इस प्रकार की घटनाएं समाज में कभी भी घटित नहीं होनी चाहिए| इस प्रकार की घटनाएं हमारे चरित्र और संस्कार का बखान करती हैं ! इससे पता चलता है कि हम किस हद तक अपनी इन्द्रियों पर काबू कर पाते हैं | जिस प्रकार हमें अपने, अपनों से संस्कार प्राप्त होते हम उसकी प्रकार से व्यवहार करते हैं !

इस पुस्तक को लिखने की प्रेरणा मुझे अनेक समाचार पत्रों में प्रकशित विभिन्न घटनाओं और अपने इर्दगिर्द लोगो से प्राप्त सूचनाओं का अध्यन करनें के उपरांत मिली |जिसको मैंने इतिहास के दो महत्वपूर्ण किरदारों के माध्यम से समाज की कुछ घटनाओ को उजागर करने की कोशिश की है....आशा है आप सब प्रबुद्ध पाठको को मेरा यह छोटा सा प्रयास पसंद आएगा .....नमन !

#######

महाराज.......महाराज.......

वत्स हरिश्चंद्र.....

जागो महाराज,कहाँ सोये हुए हो.......महाराज ?

अपने अतीत में वापिस आओ.....महाराज,मैं आपको बहुत देर से पुकार रहा हूँ !

कौन......कौन है ! बेटा,बेटा......देखना कौन है ?

अरे, बहुत रात हो रही है....मैं भी उन्हें क्यों परेशान कर रहा हूँ......?

मुझे कुछ भी दिखाई क्यों नहीं दे रहा है....चारो और उजाला ही उजाला है....आप कौन हैं ? किस प्रयोजन से यहाँ आये हैं और मुझे पुकार रहे हो ! जरा सामने तो आईये.........

वत्स मुझे पहचाना नहीं.....बहुत शीघ्र भूल गए ? आप तो महाराज हैं....बहुत बुद्धिमान हो....जरा अपने मस्तिष्क पर जोर देकर....मेरी आवाज को पहचानने की कोशिश तो कीजिये......

भगवन मैं बहुत बूढ़ा हो चला हूँ और जीवन के इस कठिन सफ़र में तरह-तरह के कष्टों को झेलते-झलते बहुत थक भी गया हूँ| कृपया सामने आकर दर्शन दें और मेरी शंका को दूर करें ! मुझमे अब इतनी शक्ति नहीं बची है कि मैं अपने मस्तिष्क पर अधिक जोर दे सकूँ और कुछ सोच पाऊं !

क्या हुआ वत्स ? तुम तो बहुत बलशाली, धेर्यवान थे ! इतनी शीघ्र हार मान गए ?

पर आप हैं, कौन ? अभी तक मैं पहचान नहीं पाया हूँ ! आप मुझे इस तरह से क्यों पुकार रहें हैं ?

महाराज.....मैं तो आपके समक्ष ही खड़ा हूँ......जरा सिर उठाकर मुझपर दृष्टि डालने का प्रयास तो कीजिये !

मैं, आपको देखने की भरपूर कोशिश कर रहा हूँ लेकिन आप दृष्टिगत नहीं हो रहें हैं ? मुझे तो चारों ओर उजाला ही उजाला दिखाई पड़ रहा है और बहुत तपिश महसूस हो रही है...कोई चमत्कार तो नहीं हो रहा है भगवन.......

महाराज.....कुछ समय के लिए अपने पिछले जीवन में वापस आईये और अपनी मन के चक्षु को जागृत कीजिये और अपने मस्तिष्क पर थोडा जोर दीजिये, मैं आपके समक्ष ही हूँ, देखने कि प्रयास तो कीजिये......मैं तो आपके समस्त जीवन में हमेशा आपके साथ ही रहा हूँ, जब से आपने इस मृत्युलोक में आने की जिद कर ली थी.....कुछ याद आया ? अब तो मैंने आपको उचित संकेत भी दे दिए हैं | आशा करता हूँ कि अब तो आप, मुझे पहचान गए होंगे ?

हाँ, अब कुछ कुछ याद आ रहा है, पर अभी ठीक से याद नहीं आ रहा है ? मुझे कुछ याद ही नहीं है कि इस निर्दयी मृत्युलोक में आने के लिए मैंने कब जिद की थी ? मैं कौन था और किस उदेश्य से मैंने यहाँ आने की इच्छा प्रकट की थी ? भगवन, अब तो मैंने अपनी पूरी शक्ति यह सब सोचने में, लगा दी है | लेकिन मुझे अधिक याद नहीं आ रहा है कृपा आप ही मेरी सहायता कीजिये !

याद करो वत्स......जब तुमने सहस्त्रो वर्षों तक स्वर्ग में सुख भोगने के उपरांत.....यहाँ पर आने की इच्छा प्रकट की थी | तुम्हारे पूर्वजों ने भी तुम्हे बहुत समझने का प्रयास किया था कि तुम जैसे इमानदार, दयावान, शूरवीर और वचन को निभाने वाले, एक महान आत्मा के लिए यह मृत्युलोक ठीक नहीं रहेगा और फिर हमारे जैसे आत्माओं को इस मृत्युलोक के लिए अधिक चिंता करने की न तो आवश्यकता है, न ही उसे जानने की इच्छा करना ही अच्छा है | हमें उन लोगो को, उनकी दुनिया में ही छोड़ देना चाहिए ! जीवन-मरण के चक्र में उलझना समझदारी नहीं कहलाती है और फिर हम पहले ही उस दुनिया के जीवन-मरण के चक्र को तोड़कर आ चुके हैं | बहुत समझाने के उपरान्त भी आपने इस कलयुग में आकर, मृत्युलोक को भोगने की इच्छा प्रकट की थी | इसलिए चित्रगुप्त जी ने अपने हृदय पर पत्थर रखकर आपको इस दुनिया के लिए विदा किया था.......लेकिन अब

आपको, इस हाल में देखकर मुझे यह प्रतीत हो रहा है कि तुम्हारा यहाँ आने का फैसला सही नहीं था |

क्यों....मैं सही कह रहा हूँ ना......महाराज ? आपको, इतना उदास तो मैंने उस समय में भी नहीं देखा था ! जब मैंने एक इमानदार, दयावान, शूरवीर और वचन को निभाने वाले, एक महान राजा की दूर-दूर तक फैली ख्याति के विषय में सुना था ! उसके बाद मैंने अंहकार में आकर आपकी परीक्षा लेने की सोची थी या यूँ कहें की सब देवताओं ने मुझे यह करने के लिए प्रेरित किया था | उस कठोर परीक्षा में भी इतने हताश-निराश नहीं हुए थे और आप अपने उच्च्च आदर्श को कायम रखने में, उस समय पर भी सफल रहे थे, चाहे परिस्थिति चाहे कैसी भी रही थी ! आखिर में आप उस परीक्षा पर भी खरे उतरे थे और मोक्ष धाम को प्राप्त हुए थे | महाराज, अब तो आप मुझे पहचान गए होंगें |

नहीं भगवन, मैं अब तक आपको नहीं पहचान पाया हूँ......धरती पर रहते-रहते बहुत समय हो गया है और यहाँ के जीवन में इतनी आपधापी होने कि कारण समय ही नहीं मिला | फिर पूर्व जन्म का कुछ भी याद नहीं रह पाता ! जब तक मैं, आपको पूर्ण रूप से नहीं देख लेता..........तबतक शायद, मैं इसी दुविधा में रहूँगा कि मैं कौन हूँ-आप कौन हैं और आप ये सब बातें मुझसे क्यों कह रहें हैं ?

चलो वत्स, मैं आपको एक और संकेत देता हूँ ! शायद जिसे सुनकर तुम मुझे और अपने आपको को ठीक प्रकार से पहचान जाओ.....लेकिन वादा करो कि ये जो वार्तालाप हमारे मध्य में हो रही है उसे, तुम यह किसी और के साथ साँझा नहीं करोगे....इसमें चाहे कोई तुम्हारा अपना ही क्यों नहो या फिर कोई बाहर का कोई व्यक्ति|

महोदय,पहले बताओ तो सही, उसके बाद ही मैं निर्णय लूँगा कि बात साँझा करने लायक है या नहीं !

वाह महाराज.......जब मैं पूर्व जन्म में, आपके समक्ष उपस्थित होता था तो बिना किसी विचार के, मुझे किसी प्रकार का वचन देने में तनिक भी नहीं हिचकते थे ! अब आप यहाँ रहकर बातें बनाने में भी भली भांति निपुण हो चुके हो....इसमें

तुम्हारा कोई दोष नहीं है, महाराज......ये काल और लोक ही ऐसा है....छल कपट से भरा, यह संसार है.....सच्चे इंसान का यहाँ कोई मोल और इज्जत नहीं है और न ही उसकी भावनाओं की कोई कद्र......ऐसे सच्चे और इमानदार व्यक्ति का सब फायदा उठाने की ताक में रहते हैं |

महाराज....आप पहले मुझे वचन दो कि जो मैं तुम्हे बताऊंगा, वो तुम किसी को भी नहीं बताओगे !

जी.....भगवन मैं आपको वचन देता हूँ की ऐसी कोई बात नहीं होगी | अब तो बताइए और मेरे सामने प्रकट होने की कृपा करें | थोडा शीघ्र करें.....मेरा बेटा और बहु आने वाले हैं !

अगर तुमने अपना वचन नहीं निभाया तो जो तुम्हे मैं बताने जा रहा हूँ, वो सब व्यर्थ चला जायेगा | मुझे पूरा विश्वास है कि तुम जब-तक अपनी दुखी होने की व्यथा मुझे नहीं बताते तुम यहाँ से बाहर नहीं जाओगे|

चलो महाराज तैयार हो जाइये....अब मैं आपके समक्ष प्रकट हो रहा हूँ... कुछ देर के लिए जरा अपनी आँखे बंद कीजिये और अपने दोनों हाथों से अपने चहरे को पूर्ण रूप से ढक लीजिये.....जब मैं कहूँ तभी अपने हाथ चहरे से हटाइएगा, नहीं तो आपके चहरे के साथ-साथ आपके चक्षुओं को भी हानि हो सकती है |

ठीक है भगवन.......मैंने अपनी आँखे बंद कर ली है और चहरा भी ढक लिया है !

कुछ समय उपरांत.......

अरे.......क्या बिजली आ गई है ? कमरे में बहुत रौशनी हो रही है और तपन भी बहुत हो रही है ! भगवन कोई चमत्कार कर रहे हो या फिर मुझसे ठिठोली कर रहे हो....अब कहाँ हो ? शीघ्र संकेत दीजिये....नहीं तो मेरा शरीर तपन से जल जायेगा......

अब अपने चहरे से हाथ हटाइए और आँखें खोलिए.....महाराज !

मैंने आँखे खोल दी हैं लेकिन अभी भी मुझे कुछ दिखाई नहीं दे रहा है.....क्या चमत्कार है ? कुछ तो बताइए......प्रभु ?

थोडा धीरज रखिये, महाराज.....तनिक देर में तुम्हारे मन, मस्तिष्क और चक्षुओं के आगे से कोहरा छंट जायेगा और जो दिखाई देगा.....उस पर आपको विश्वास नहीं होगा......महाराज हरिश्चंद......

फिर कुछ क्षण उपरांत........

ये कैसा रूप है...भगवन | इतना ऊँचा कद श्वेत वस्त्र | इतने लम्बे-लम्बे आपके केश जो इस धरती को छू रहे है आपकी आँखों की भृकुटी और श्मश्रु भी धरती जो छू रहे हैं | वो सब श्वेत होने से बहुत ही आकर्षक लग रहे हैं आपका श्वेत रंग का चोला तो मानो ऐसा लग रहा है कोई देवता धरती पर अपना साम्राज्य देखने के लिए अवतरित हुआ हो | आप तो कोई स्वर्ग से अवतरित कोई परमात्मा प्रतीत हो रहे हो | कृपा करके बताइए की आप कौन हैं और किस योजन से मेरे पास आये हैं ?

महाराज, हरिश्चंद......मैं आपका गुरु विश्वामित्र, देवताओं की आज्ञानुसार आपके पास आया हूँ.....इस मृत्युलोक में व्यतित हुए आपके समस्त जीवन के हालात की जानकारी लेने के लिए !

शत-शत, प्रणाम गुरु जी......मेरा और मेरे परिवार की ओर से चरण स्पर्श स्वीकार कीजिये.....और मुझे क्षमा करें कि मैं आपकी आवाज को पहचान नहीं पाया ! मैं आपकी आवाज पहचाने की कोशिश कर रहा था लेकिन मुझे कुछ समझ नहीं आ रहा था !

आशीर्वाद....दीर्घायु हो......कोई बात नहीं महाराज.....आपको यहाँ आये बहुत समय बीत गया है.....फिर आपने तो एक नवजात बच्चे के रूप में जन्म लिया था.......बताइए महाराज कैसा चल रहा है ? अब तो आप, मृत्युलोक के जीवन के अंतिम पड़ाव पर हैं........

मैं कहाँ हूँ ? गुरु जी.........

तुम तो अपनी इच्छा से मृत्युलोक की यात्रा पर निकले थे और यहाँ रहकर, इस कलयुग में, मृत्युलोक में होने वाले कृत्य का आनंद लेने का मन बनाया था.....चित्रगुप्त जी की कृपा से तुम यहाँ पर अवतरित हुए थे.....बहुत समय निकल चूका है थोड़ा और बचा है लेकिन उसको भी तुम्हे ही भोगना हैं यहाँ पर......

हाँ....गुरु जी मुझे सब याद आ गया है ! ये सब मेरे सोचने के अनुसार ही हो रहा है....इसमें किसी का दोष नहीं है ! इसके लिए तो मैं ही उत्तरदायी हूँ |

लेकिन अब तो मैं सब सुख-दुःख भोग चुका हूँ | अब मेरा इस संसार में अंतिम वक़्त चल रहा है ! गुरु जी, आपसे हाथ जोड़कर विनती है मुझे भी आप अपने साथ, वहीँ ले चलो जहाँ से मैं आया हूँ, यहाँ इस मृत्युलोक में.......अब तक मैंने अच्छा या बुरा, सब कुछ देख लिया है!

क्या कह रहे हो....? महाराज....अभी तो आपको कुछ समय तक रहना होगा...कुछ और महत्वपूर्ण काम रह गए होंगे, जो आपको करने हैं |

नहीं नहीं...गुरु जी....अब बहुत हो चुका.....आप ठीक ही कह रहे थे कि ये संसार, यह कलयुग काल, मेरे जैसी आत्मा के लिए उचित नहीं है | यहाँ पर रहने के लिए बहुत प्रकार के छलकपट का सहारा लेना पड़ता है ! नहीं तो यहाँ के लोग आपको किसी न किसी प्रकार से दुविधा में डालते ही रहते हैं अपने स्वार्थ सिद्ध करने के लिए.......

मेरे जैसे सत्यवादी, कर्तव्यनिष्ठ, दाता, प्रजावत्सल, प्रतापी और धर्मनिष्ठ राजा के लिए तो और भी कष्टदायक है |

आप ठीक कह रहे हैं, महाराज हरिश्चंद......पिछले जन्म में तो आपने, सुख सुविधा से सम्पन्न, एक महाराज का जीवन व्यतीत किया था.....आपके समय में तो इस प्रकार की कोई समस्या नहीं होती थी ! लोगो को अपने स्वार्थ की कोई चिंता नहीं होती थी क्यों की आप जैसा महाराज उनके पास था | आप ही, उनके सब प्रकार के दुःख-सुख का ध्यान रखते थे | किसी के घर में अगर कोई समस्या आ जाती तो आपने, अपनी प्रतिष्ठा की परवाह किये बगैर ही उसकी सहायता की

थी | इसके बदले मे, प्रजा से आपको भरपूर प्यार और प्रत्येक कार्य में आपको उनका साथ भी मिला | इसमें आपके, अपने जीवन शैली का भी बहुत बड़ा योगदान रहा था | सत्यवादी, कर्तव्यनिष्ठ, दाता, प्रजावत्सल, प्रतापी और धर्मनिष्ठ राजा को पाकर, आपके राज्य की प्रजा भी धन्य हो गई थी |

लेकिन यहाँ मैंने आते हुए देखा की इस छोटे से मकान में, आप बहुत ही कष्ट से अपना जीवन व्यतीत कर रहे होंगे | इतने बड़े साम्रज्य के मालिक के लिए तो ये कष्टदायक तो होगा ही......आपको देखने से तो यही लगता है कि आपका जीवन बहुत कष्ट से गुजर रहा है या रहा होगा ....

इतने बड़े सिघासन के महाराज को एक छोटे से खटोले पर बैठे हुए देखकर....मुझे और भी बहुत तकलीफ हो रही है.......मेरी यह मजबूरी है कि मैं आपको चलने के लिए भी नहीं कह सकता....क्यों की अभी आपके पास बहुत काम शेष रह गए होंगे.....आपके स्वभाव के अनुसार,अपनी जुम्मेदारियो को निभाय बिना तो आप जाने के लिए भी नहीं कह पाएंगे |

आप ठीक कह रहें है....गुरु जी.....लेकिन ये संसार मेरे जैसे लोगो के लिए ठीक नहीं है......जो यहाँ इमानदारी से काम करता है, उसको बहुत कठिनाइयों का सामना करना पड़ता है | मुझे ही ले लीजिये......भरपूर महनत और इमानदारी से काम करने के उपरांत मुझे बहुत सी तरह-तरह की समस्याओं का सामना करना पड़ रहा है | कभी-कभी तो ऐसा लगता है कि कहीं कोई मेरी परीक्षा तो नहीं ले रहा है या फिर मेरे पूर्वजन्म का फल तो नहीं मिल रहा है ? गुरु जी आप ही बताइए ये सब क्या है ?

महाराज......अब तो आपको सब याद दिला दिया गया है ! जब तक मैं आपके साथ हूँ तो ये सब आपको याद रहेगा की आपने पूर्वजन्म में किस प्रकार के कर्म किये हैं ! जिससे आपको इस प्रकार के कष्ट झेलने पड़ रहे हैं ! आपके अनुसार अगर किसी देवता द्वारा परीक्षा भी ले जा रही होगी तो फिर परीक्षा भी उसी की ली जाती है जो इस लायक होता है !

लेकिन जो परीक्षा मैंने दी थी क्या कोई व्यक्ति दे सकता है ? फिर मैं तो इस काल को भोगने के लिए आना चाहता था.....जहाँ तक मुझे याद है कि मैंने अपने जीवन काल में किसी को भी दुःख पहुँचाने का न सोचा था और न ही चेष्टा की थी | यहाँ पर भी मैंने वो ही आदर्शों को बनाए रखा है....मैंने किसी को भी दुःख नहीं पहुँचाया और ना ही कभी धोखा दिया |

इमानदारी और कर्तव्यनिष्ठा से काम किया.....लेकिन इसके उपरांत मुझे धोखा ही मिला और मेरी इसी बात का, लोगो ने बहुत लाभ उठाया !

ये तो होना ही था महाराज.....आप इस काल और इस लोक के लिए माकूल ही नहीं थे....फिर उस समय सभी के समझाने के बाद भी, आप यहाँ आने के लिए जिद करने लगे थे | अब मैं समझ गया हूँ की आप, अब इससे ऊब गए हैं और दुखी भी....ठीक कह रहा हूँ न मैं......महाराज हरिश्चंद ? फिर भी आपने यहाँ पर बहुत ही बढ़िया तरीके से,अपने आपको और सबको संभाला है.....घर परिवार को, बच्चों को !

आप ठीक कह रहें हैं.....गुरु जी......अगर आपके पास कुछ समय है तो आप मुझसे इसी प्रकार से बातें करते रह सकतें हैं क्या ? आपके आने से मन का बोझ कुछ कम जरुर हो गया है !

लेकिन महाराज......मुझे तो सिर्फ आपके हालात जानने के लिए भेजा गया है | मैं आपकी कोई सहायता भी नहीं कर सकूँगा.....फिर मैं आपके साथ ज्यादा समय तक रह भी नहीं सकता.....मुझे शीघ्र जाना भी है.....जो बात करनी है वो आप मुझसे कह सकते हैं | वहां पर किसी अपने प्रिय को अगर आप कोई सन्देश भेजना चाहते हो तो मैं, आपका सन्देश वहां पर पहुँच सकता हूँ !

गुरु जी मैं सोच रहा था की मेरे जीवन से जुड़ी कुछ बात आपको बता दूँ अगर आपके पास समय हो तो........

हाँ हाँ.....महाराज...अगर आप आदेश दें तो मैं आपकी बात सुने बगैर नहीं जाऊंगा.......

गुरु जी.....मैं यहाँ एक साधारण इंसान हूँ......आप एक परमात्मा हैं...फिर आप मेरी हालत की जानकारी के लिए यहाँ आये हैं.....यह तो कोई छोटी बात नहीं है......इसके लिए तो मैं आपके चरण स्पर्श करता हूँ.....

साधारण व्यक्ति तो उस समय तक थे...जबतक मैं आपके समक्ष नहीं आया था....लकिन अब तो आप मेरे महाराज हरिश्चंद हैं.....जैसी आप आज्ञा देंगें.....मेरा फ़र्ज़ है मैं उसको मानू...कृपया बताइए आपको क्या बताना है, मुझे......मेरे लिए क्या आदेश है ? लेकिन उससे पहले मैं, आपसे एक अपनी मन की शंका दूर करना चाहता हूँ ?

जी गुरुजी, आप बताइए किस बात पर शंका है और मैं आपकी किस प्रकार, अपनी अल्पमति के अनुसार, इस शंका को दूर कर सकता हूँ ?

महाराज....एक छोटी सी शंका है की आपने, जो आपने अपने निवास में एक छोटा सा मंदिर बना रखा है उसने एक मूर्ति रखी हुई है ! वो किसकी मूर्ति है.....इस कलयुग में उनकी मूर्ति का क्या महत्त्व है ?

गुरु जी, ये तो मेरे परम इस्ट देव हैं.....भगवान् श्री राम ! इस कलयुग में अगर कोई अपने अन्तकरण में व्याप्त किसी दोषों को दूर कर सकते हैं तो वो "श्री राम जी" ही कर सकते हैं !

क्या आपको पता है महाराज......राम भी आपके वंश के हैं और आपके, त्रेता युग में अवतरित होने के बहुत पीढ़ी के उपरांत अवतरित हुए थे ! उन्होंने जो आदर्श कायम किये....उसी को ध्यान में रखकर लोग इस युग में उनका अनुसरण करते हैं और अपने आपको किसी पाप-पुण्य के फेरे से दूर रख पाते हैं !

जी गुरु जी, यहाँ बहुत से ऐसे समुदाय हैं जो आज भी उनकी दी हुई शिक्षा का अनुशरण करते हैं....और उनकी तरह आचरण करने का प्रयत्न करने की कोशिश भी करते हैं ! उन्होंने प्रत्यक्ष रूप में कोई शिक्षा तो नहीं दी थी पर लोग उनके द्वारा जीवन में किये हुए कृत्य के अर्थ समझकर ही उनका अनुसरण करने का प्रयत्न करते हैं ! मैंने भी उनके जीवन से बहुत कुछ सीखा है.....गुरु जी !

महाराज, आप और भगवान् श्री राम तो हमेशा ही मानव जाति के लिए प्रेरणा के स्त्रोत रहेंगें ! उनके जैसा आदर्श सुपुत्र, भ्राता स्नेही और पत्नीव्रता इंसान आज तक किसी युग में नहीं हुआ है ! घमंड तो उनके अन्तकरण में लेशमात्र भी नहीं था ! बड़ो का आदर और छोटो को लाड करना, उनके संस्कार में मानो जन्म से ही आ गए थे ! बड़ी से बड़ी समस्या का निराकरण, बहुत ही सहज भाव से करना उनके व्यक्तित्व में समाहित था ! उनको अपनी पांचो इन्द्रीओं को काबू करना बखूबी आता था ! धर्य तो उनका, सफलता प्राप्त करने का एक बड़ा हथियार था ! इसी वजह से तीन-तीन महारानियो में वो सबसे ज्यादा चाहने वालो में से थे ! अगर वो चाहते तो अपने पिता का व्यक्तिगत वचन मानकर, वन में जाने से इनकार कर सकते थे ! उन्हें यह भी मालूम था कि माँ कैकई भी किसी दुसरे की बातों में आकर, इस तरह का व्यवहार, अपने पति महाराज दशरथ और उनके पिता जी के प्रति कर रहीं हैं !

लेकिन उन्होंने बिना कुछ जाने बिना, अपने पिता का आदेश मानकर, राजपाठ त्यागकर, वन जाने का मन बना लिया और पिता को धान्दस बंधाया की आपका पुत्र, आपकी छोटी सी इच्छा अव्यश्य पूर्ण कर ही सकता है ! फिर वो अपने भाई और माँ सीता के साथ वन में गए !

उसके बाद तो आप जानते हैं कि क्या-क्या हुआ उनके साथ...लेकिन उन्होंने धर्य कभी नहीं खोया......उन्होंने किसी ऐसे प्रतिरूप से कभी समझौता नहीं किया जैसे इच्छा और माया का प्रतिरूप खर और दूषण को मानकर, उनका वधशीग्रता से किया | इसी प्रकार घमंड का प्रतिरूप रावन का भी वध किया !

कलयुग में तो श्री राम का जीवन, हमें बहुत कुछ सिखा सकता है ! गुरुजी, यहाँ पर कई मनुष्य उनके पदचिन्हों पर चलने की कोशिश करते रहते हैं और वो ही लोग मुश्किल का सामना करते हैं !

अब बताओ क्या बताना चाहते हो....अपने और अपने समाज के विषय में....महाराज !

गुरु जी.........आप तो जानते हैं की जब मैंने अपनी इच्छा, आप सब के समक्ष रखी थी तो चित्रगुप्त जी ने मुझे एक बालक के रूप में, इस संसार में अवतरित करने का निर्णय लिया.....

साधारण से मध्यम परिवार में मुझे जन्म मिला......मेरे जन्म पर सारे परिवार में मेरा स्वागत बहुत जोरशोर से किया गया | मेरे पिता जी ने इतने जोरशोर से मेरे जन्मोत्सव को मनाया था ! जिस प्रकार किसी राजा के घर पर पुत्र के उत्पन्न होने पर होता है....माँ-पिताजी जो एक साधारण से व्यक्तित्व वाले थे..... कुछ दिनों तक हमारे घर लोगो का आना जाना लगा रहा...फिर लोग अपने-अपने कामो में व्यस्त हो गए | उन्होंने मेरा ध्यान बहुत ही लाड प्यार से रखा था......पता नहीं कहाँ-कहाँ से उन्होंने मेरे लिए मन्नत मांगी थी......किस-किस के दरबार में जाकर उन्होंने मेरे लिए, सही सलामत होने की कामना की थी.....मेरे अस्वस्थ होने पर वो बहुत चिंतित हो जाया करते थे.....जो भी कोई उनको परामर्श देता था | उसका परामर्श वो आँख मूंदकर मान लेते थे और उन्ही के अनुसार ही काम करते थे, मेरे स्वस्थ हो जाने तक......

तो फिर महाराज....समस्या कहाँ थी....बचपन तो आपका आनंदमय ही गुजरा होगा ? बहुत आनंद लिया होगा आपने....?

जी गुरु जी.....पर आपको तो पता है कि किसी की ख़ुशी को नज़र भी बहुत शीघ्र लग जाती है......या फिर परमात्मा ने जो उसके लिए निश्चय किया होता है वो होकर ही रहता है !

क्या हुआ था ? महाराज......आपके लिए तो कोई ऐसी समस्या नहीं रही होगी क्योंकी आपके जैसा पापमुक्त जीवन तो किसी ने व्यतीत नहीं किया था उसके बाबजूद कोई अनहोनी होगई थी क्या...आपके जीवन में ?

गुरुजी, आप भी जानते हैं की हम कभी भी अपनी तरफ से कोई पाप नहीं करते हैं लेकिन कहीं न कहीं हमसे ना चाहते हुए, भूलवश कुछ पाप हो ही जाते हैं ! उस तरह के कृत्य के पाप का भोगी, हमें बनना ही पड़ता है ! उसी तरह मुझे भी कुछ पाप का भोगी बनना पड़ा | उसे अब मैं आपको बताने जा रहा हूँ !

एक दिन मैं अपने माता पिता के साथ....उनके किसी रिश्तेदार के घर, किसी समारोह में जा रहा था | बस से हम लोगो ने अपनी यात्रा, बहुत सुबह ही शुरू कर दी थी | पिता जी ने भी अपने कार्यालय से अवकाश ले लिया था | माँ ने सब तैयारी पहले से ही कर ली थी | फिर हम शीघ्र सुबह ही निकल लिए थे | माँ ने मुझे सुबह शीघ्र उठा दिया था और मेरे हाथ मुहं धोकर, मुझे अच्छे से तैयार कर दिया था......लेकिन मैं थोड़े से समय के बाद फिर सो गया था......माँ पिता जी बहुत खुश थे | इनको भी बहुत दिनों के बाद किसी रिश्तेदार के यहाँ, किसी समारोह में जाने का अवसर मिला था.....

आप सुन रहो ना....गुरु जी.....या फिर आपका ध्यान कहीं ओर चला गया है ?

नहीं वत्स मैं सब सुन रहा हूँ.......जब तक मैं आपके साथ हूँ, मेरा ध्यान कहीं ओर जा ही नहीं सकता.....सारी कथा मैं बहुत ध्यान से सुन रहा हूँ | आप बोलते रहें......

जी गुरु जी.....जब हम बस में चल रहे थे तो अचानक पता नहीं क्या हुआ कि बस में चारो ओर शोर होने लगा....इसको सुनकर मैं भी उठ गया था | मेरे माता पिता ने मुझे अपनी छाती से लगा रखा था.....लेकिन कुछ दूर चलने पर भी शोर रुक नहीं रहा था | मुझे भी कुछ समझ नहीं आ रहा था कि क्या हो रहा था.....फिर अचानक मेरी आँख बंद हो गई और मैं अपने माँ पिता की गोद से उछलकर दूर जा गिरा...गिरने से मुझे होश नहीं रहा.......अचेत अवस्था मैं बहुत देर तक वहां पर पड़ा रहा.....मुझे पता नहीं लगा....जब मुझे होश आया तो मैं किसी हस्पताल में, एक पलंग पर अकेला पड़ा हुआ था | मैंने आँखे खोली तो देखा, मेरे चारो ओर स्त्री-पुरुष का जमघट लगा हुआ था | सब मुझे ही देख रहे थे | मुझे इतना याद है गुरु जी कि उनमे से कुछ लोग मेरे माता पिता के विषय में पूछ रहे थे......

बहुत सुंदर बच्चा है.....पता नहीं इसके माँ-पिता कहाँ हैं.....? जो लोग मेरे चारो ओर खड़े थे, वो मेरे माता-पिता के विषय में ही पूछ रहे थे......

मैं वहां पर दो या तीन दिन तक रहा था....मेरे माता पिता जी का कहीं कोई पता नहीं चल रहा था.....जब वो उन्हें नहीं मिले और मुझे लेने के लिए कोई नहीं

आया तो हस्पताल वालो ने मुझे शहर के एक अनाथ आश्रम को दे दिया......वहां आकर मेरा स्वागत भी बहुत ही जोर-शोर से किया गया......गुरूजी, उन्होंने ही मेरा नामकरण भी कर दिया....मुझे मेरा जाना पहचाना नाम "हरी" ही दे दिया गया !

फिर क्या हुआ वत्स.....तुम्हारे माता-पिता का क्या हुआ ? किसी ने कुछ नहीं बताया उनके विषय में या फिर आपके माता-पिता भी तुम्हे खोजते रहें होंगे ?

पता नहीं गुरु जी.......जब मैं हस्पताल में था तो वहां पर कुछ लोग उस बस की दुर्घटना के विषय में बात कर रहे थे ! उनमे से कुछ तो मेरे माता-पिता की म्रत्यु के विषय में भी बात कर रहे थे......मैं रोने के अलावा कुछ कर भी तो नहीं सकता था......

कई दिनों तक मेरा रोना रुक ही नहीं रहा था......रह रहकर मुझे अपने माँ-पिता जी याद आती रही | मैंने सोचा की उनके बिना मेरा जीवन कैसा बीतेगा....लेकिन जब मुझे अनाथ आश्रम में लाया गया तो कुछ आशा बनी कि कोई तो मुझे यहाँ से गोद लेकर चला जायेगा और मुझे अपना मानकर ही मेरी देखभाल करेगा.......

तो बताओ महाराज आगे क्या हुआ......? किसी ने अपनाया क्या तुम्हे या फिर इस निर्दयी समाज ने आपको भी त्याग दिया ?

नहीं गुरु जी....बहुत से लोग मुझे अपनाने के लिए आगे आये लकिन उनकी कुछ मजबूरी होने की वजह से मुझे नहीं अपना सके.....जैसा मैंने आपको पहले भी बताया है कि मेरा व्यक्तित्व तो एक राजा के पुत्र के समकक्ष ही लग रहा था | जिस वजह से बहुत से लोग मुझे अपनाने के लिए उत्सुक थे !

फिर क्या वजह रही...महाराज, जिससे लोगो को,आपको अपनाने में परेशानी का सामना करना पड़ा ?

आप इसको मजबूरी भी कह सकते हैं......गुरु जी, आपने सही कहा....यहाँ पर सब अपने स्वार्थ को सबसे पहले अहमियत देते हैं.....इस वजह से मेरे साथ भी अनर्थ हुआ | जहाँ मुझे लाया गया था, वहां के संचालक ने मुझे देने के लिए इतनी

शर्त रख दी कोई इसको पूरा नहीं करसका | एक, दो लोगो ने इसको पूरा भी कर दिया पर आश्रम के अपने स्वार्थ भी आगे आ गए....

जैसे....महाराज !

उनमे से उनके संचालक चाहते थे कि मेरे गोद देने की अवज में उन्हें कुछ धनराशी मिल जाये तो ठीक रहे......और उन्होंने उसको हासिल करने की कोशिश भी की....

महाराज.....वो किस अवज में यह धनराशी मांग रहे थे ?

गुरूजी, जब उनसे कोई यह सवाल करता था तो वो उन्हें, मेरे परवरिश में हुए खर्च का हवाला देते ! जबकी दुसरे बच्चो के गोद लेने के लिए इस प्रकार की कोई मांग नहीं थी ! इस वजह से लोग, मुझे नहीं लेकर दूसरे, मेरे जैसे बच्चों को ले जाते रहे | आपको सब पता है कि उस समय तो मेरे चहरे से तो राजशाही ही झलक रही थी.....लोगो को भी मुझे गोद लेने की होड़ भी लगी हुई थी | लेकिन किसी वजह से, वो लोग उनके लालच की पूर्ति नहीं कर पायें और मैं वहीँपर रह गया.....|

इस प्रकार के अनाथ आश्रम पर उस प्रकार की सुविधा तो होती नहीं, जो किसी सामान्य परिवार में होती है अगर मैं किसी जरूरतमंद परिवार द्वारा गोद ले लिया गया होता तो मेरे भी जीवन में संघर्ष थोड़ा कम होता | बिन माँ-पिता जी के अनाथ बच्चे का देखभाल कम ही की जाती है | वहां पर इस प्रकार के अनाथ बच्चे बहुत होते हैं लेकिन उनकी देखभाल करने के लिए सेवादार कम ही होते हैं इसलिए वो सबका ध्यान भी ठीक से नहीं रख पातें हैं | ऐसे बच्चों का जीवनयापन होना भी बहुत कठिन हो जाता है | गुरु जी, इसी वजह से मुझे भी अपने पूरे जीवन में कई प्रकार की कठिनाइयों का सामना करना पड़ा......

क्या कह रहे हो महाराज.....? किसी ने आपकी सहायता नहीं की....अरे हाँ....मैं तो यह भूल ही गया की यह तो कलयुग चल रहा है.....यहाँ के लोगो को किसी के प्रति दया की भावना है ही नहीं |

आप ठीक कह रहें हैं,गुरु जी.....कभी-कभी मुझे भी इस आश्रम में भूखे ही सोना पड़ा था | उस समय छोटा होने की वजह से मुझे बोलना भी नहीं आता था इसीलिए मैं किसी को कह भी नहीं सकता था ! जब मुझे भूख लगती तो मैं रोने लगता था....कई बार तो वो लोग सुन लेते थे,लेकिन कभी-कभी तो मुझे रोते-रोते नींद ही आ जाती थी और मैं भूखे ही सो जाता था.....|

ये सब भी होता है, यहाँ के अनाथ आश्रमों में......? हमें तो लगता है कि ये लोग बिना माँ-पिता की अनाथ बच्चों को पालकर बहुत पुण्य का काम कर रहें हैं......महाराज.....

पुण्य का काम तो कर रहें है पर गुरु जी, कुछ लोग हैं, जो वहां पर रहकर अनुचित कृत्य भी करते हैं.....अपने लालच के लिए किसी हद तक भी चले जाते हैं....उन्हें किसी की भावनाओ की कोई चिंता नहीं होती.....और किसी से ना ही वो लोग डरतें हैं, उन्हें पुण्य-पाप का भी कोई डर नहीं होता.....गुरु जी.....

गुरु जी, धीरे-धीरे...जैसे-तैसे मैं बड़ा होता गया.....वहां आश्रम के पास ही एक सरकारी स्कूल था....जहाँ पर आश्रम में रहने वाले के सभी बच्चो को उसी स्कूल में पढने के लिए भेज दिया जाता था.....|

सरकार के द्वारा चलाये जाने वाले इस स्कूल में, हमें सभी प्रकार की सुविधा मिल गई | सब जगह साफ़ सफाई का विशेष ध्यान रखा गया था |

स्कूल, ये क्या होता है महाराज ! हमारे समय में तो सभी बच्चो के लिए गुरुकुल में ही शिक्षा ग्रहण की व्यवस्था हुआ करती थी ! मैं पहली बार आपके मुख से इस प्रकार का शब्द सुन रहा हूँ..........कृपा करके मुझे इसके विषय में विस्तार से बताएं क्या-क्या होता है, यहाँ ? शिक्षा दीक्षा किस प्रकार की होती है....गुरु जी का पद कैसा होता है और वो अपने शिष्यों को, किस प्रकार की शिक्षा देतें हैं ?

जी गुरु जी.....मैं आपको सब बताऊंगा....गुरु जी....शिक्षक जी, जिन्हें हम अध्यापक जी, पुकारते थे | यहाँ पर वेद पुराणों का पठन-पाठन नहीं होता है !

विभिन्न किस्म के विषय के लिए अलग-अलग पुस्तकों का सुमिरन करना होता है.....उनको पढ़ाने के लिए अलग-अलग विषयों के शिक्षक नियुक्त होते हैं | वो सभी, अपने-अपने विषय में बहुत ही निपुण होते हैं | कुछ अध्यापक तो बहुत निर्मल ह्रदय के होते हैं....जो अपने शिष्यों से बहुत प्रेम करते हैं और कुछ तो बहुत निर्दयी होते हैं.....कोई शिष्य अगर उनके विषय का काम नहीं करता था तो वो उनको दंड देने से भी नहीं हिचकते थे.....लेकिन इसमें भी शिष्यों की भलाई ही छुपी होती थी | कुछ अध्यापक ऐसे भी थे, जो अपने शिष्यों पर बहुत कम ध्यान देते थे.....वो अध्यन करें या न करें उन्हें कोई चिंता नहीं होती थी......उनके कक्षा की समय अवधि में शिष्यों के बीच लड़ाई झगड़ा होता रहता था लेकिन वो उनकी ओर कोई ध्यान नहीं देते थे....कभी-कभी आपस की लड़ाई में किसी किसी को चोट भी लग जाती थी...फिर भी वो कोई ध्यान नहीं देते थे |

महाराज हरिश्चंद, आपकी शिक्षा किस प्रकार से पूर्ण हुई ? कोई बाधा तो नहीं आई, आपकी शिक्षा ग्रहण में.....सब कुछ ठीक प्रकार से निपट गया होगा....पर आप जैसे शांतचित व्यक्ति को कोई परेशानी हो भी कैसे सकती है ! कृपा आप अपने विषय में बताएं....आपने, अपने अध्यन के लिए क्या क्या जतन किये.....?

गुरु जी.....वैसे तो मेरी शुरूआती शिक्षा निर्विघ्न रूप से संपन्न हो गई थी.....पर माध्यमिक शिक्षा में थोड़े बहुत व्यवधान आये.....लेकिन उसके बाद तो आगे की शिक्षा बहुत कष्टदायक रही......

कैसे....? महाराज........

गुरु जी क्षमा करना.....आप अचानक, मेरे सन्मुख प्रकट हुए इसलिए मुझे आपका स्वागत करने का मौका ही नहीं मिल सका और आपको जलपान के लिए भी नहीं पूछ सका | आप बैठिये...मैं शीघ्रता से, आपके लिए कुछ जलपान का प्रबन्ध करता हूँ....मेरा बेटा-बहु अपने पुत्र के साथ अपने परिजनों के किसी समारोह में गए हैं.....कहकर गए हैं अगर हमें देर हो जाये तो आप के लिए भोजन बना दिया है कुछ खा लेना......मैंने तो उनके जाने के बाद कुछ खा लिया | गुरु जी, मैं देखता हूँ की घर में क्या है.....?

नहीं नहीं वत्स.....इसकी कोई आवश्यकता नहीं है....आप अपना वृत्तान्त सुनाइए !

गुरु जी....जैसे-जैसे मैं बड़ा हो रहा था....मेरा धेय यह रहता था कि मेरी वजह से किसी को कोई कष्ट न हो.....कभी-कभी मैं दूसरों के कष्टों को भी अपने ऊपर ले लेता था | लेकिन इसके अतिरिक्त भी मुझे कोई श्रेय नहीं मिलता था अपितु लोग मुझे ही दोष दे देते थे |

क्यों......?

गुरु जी.....आप तो जानते हैं की मैं सत्य का साथ कभी नहीं छोड़ता चाहे इसके लिए मुझे कोई भी कीमत, क्यों न चुकानी पड़े | लेकिन इस कलयुग में सत्य का साथ देना बहुत ही दुःखदायक होता है.....

लेकिन सत्य परेशान हो सकता है पर हार नहीं सकता है.... किसी भी युग में......सत्य में इतना बल होता है कि वो पत्थर को भी पानी बना सकता है.....आप तो इसके सच्चे उदाहरण हैं....आपसे सच्चा इंसान तो हमने किसी युग में नहीं देखा......महाराज !

गुरु जी......मैं एक दिन अपने विद्यालय में....अपनी कक्षा में बैठा था, हमारे विषय के अध्यापक का अभी आगमन नहीं हुआ था.....इस बीच में, एक अन्य छात्र मेरे पास आया और उसने कहा.....

तुम जरा अपना झोला दिखाओ !

क्यों.....? मैंने कहा.....

मेरी कलम खो गई है...मुझे शक है कि वो तुम्हारे झोले में हो सकती है ! उसने कहा.....

नहीं, मैं तो आश्रम से अपने झोले को ठीक करके लाया हूँ | मैंने इसमें आपकी कोई कलम नहीं देखी है,इ समें तो मेरी कलम ही है |

लेकिन गुरु जी,उसने मुझपर विश्वास नहीं किया और कहा, तुम झूठ बोल रहे हो.....मैंने उसे कहा कि मैं सच बोल रहा हूँ लेकिन वो नहीं माना और मेरे झोले को देखने की जिद करने लगा ! गुरु जी, मैं तो सच बोल रहा था....मैंने उसे अपना झोला दिखा दिया...वो कुछ देर तक तो मेरे झोले की छानबीन करने लगा | बहुत देखने के बाद भी उसे उसमे से कुछ नहीं मिला......झल्लाकर, उसने मेरे झोले को अव्यवस्थित तरीके से फेंककर,अपने स्थान पर जाकर बैठ गया ! गुरूजी, मैंने अध्यापक के आने से पहले अपने झोले को ठीक करके अपने स्थान पर बैठ गया और निश्चिंत हो गया की वो झूठ बोल रहा था और मैं सच्चा था |

फिर महाराज......तब मामला तो शांत हो गया होगा.....उसे पता लग गया होगा की तुम झूठ नहीं बोल रहे थे......

नहीं गुरु जी....मामला इतनी शीघ्र शांत नहीं होने वाला था.....वह एक धूर्त छात्र था जैसे की और छात्रों से मुझे पता चला था......वो अपने से होशियार छात्र को इसी प्रकार से पड़तरित करता था.....खुद तो अपने विषय का काम नहीं करता था.....उसका और उसके परिवार का रुतबा तो जग जाहिर था..... समृद्ध घर का होने की वजह से उसे कोई भी अध्यापक कुछ नहीं कह पाते थे | मैं भी अपनी कक्षा में होशियार छात्रों की सूची में आता था.....इसी वजह से वो मुझसे भी बैर रखता था |

लेकिन उसके बाद फिर क्या हुआ ? महाराज.....

गुरु जी.....जब हमारी कक्षा में अध्यापक जी ने प्रवेश किया ही था तो उसने तुरंत सबसे पहले उन्हें, मेरे पास, अपनी कलम होने की शिकायत की और कहा की मैंने उसकी कलम चोरी की है | अध्यापक जी ने भी उसके कहने के अनुसार मेरे झोले को खंगाला तो उसमे से एक से अधिक कलम निकल कर जमीन पर गिर गई |

यह क्या है ? हरी......

अध्यापक जी, ये वाली सिर्फ मेरी कलम है...मैंने उनसे कहा.....

इसके अलावा, जो दूसरी कलम हैं वो तुम्हारे झोले में कहाँ से आई ?....सच-सच बताओ...नहीं तो मैं तुम्हे प्रधानाचार्य जी के पास ले जाऊंगा.....उन्होंने कहा.....

मैं सच बोल रहा हूँ....गुरु जी, मुझे नहीं पता कि ये कलम मेरे झोले में कहाँ से आई......

अच्छा, इसका मतलब तो तुम ये कहना चाह रहे हो कि ये कलम इसने तुम्हारे झोले में रखी है !

नहीं, मैं यह नहीं कह रहा हूँ कि किसने ये कलम मेरे झोले में रखी है | अभी जब आप नहीं आये थे तो इसने मेरे झोले में छानबीन की थी और उस समय तो उसको यह नज़र नहीं आई थी......!

हाँ, तुम ये बताओ कि हरी ठीक कह रहा है या नहीं ? अध्यापक ने उस छात्र से पूछा.....

फिर क्या अध्यापक जी को उसने सब कुछ सच-सच बता दिया......महाराज ?

नहीं गुरु जी.....उसने सच नहीं बोला और इसका दोष मेरे उपर ही लगा दिया.....मैं क्या करता ? क्यों की मैं तो एक अनाथ आश्रम में रहता था और मेरा पक्ष लेने के लिए कोई नहीं था.....आश्रम वाले भी धनाड्य लोगो का ही पक्ष लेते थे क्यों की उनको, उनकी तरफ से आश्रम में रहने वाले अनाथ बच्चो के लिए दान मिलता था |

फिर क्या हुआ ? महाराज......कुछ सजा मिली आपको या फिर चेतावनी देकर छोड़ दिए गए.....आप.....?

नहीं गुरु जी......अध्यापक जी ने उस छात्र से पूछा कि इसको क्या सजा दी जाये.....उसने कहा की उसे दो-तीन दिनों के लिए कक्षा में नहीं आने देना चाहिए....वो यह चाहता था की मेरी पढाई में कुछ व्यवधान आ जाये ताकि मैं उससे कम अंक लाऊं ! हमारे परीक्षा का समय भी निकट ही था | इसी वजह से

उसने यह प्रपंच रचा......ताकि मेरा ध्यान अपनी पढाई से विचलित हो जाये और मैं उससे कम अंक ला पाऊं !

लेकिन अध्यापक जी ने उसके कहे अनुसार सजा का निर्धारण कैसे कर दिया | उन्होंने अपने विवेक का प्रयोग इस मामले को सुलझाने में क्यों नहीं किया ? तुमने...महाराज....अपने आश्रम वालो को सारा घटनाक्रम क्यों नहीं सुनाया और इस विषय में, उन्होंने क्या कहा ?

जी गुरु जी, मैंने स्कूल से आश्रम में आने के बाद, उनको सब कुछ सच-सच बता दिया और कहा की मैंने कोई चोरी नहीं की.....उस छात्र ने, जब वो मेरा झोला देख रहा था....अपनी दो तीन कलम, मेरे झोले रख दी थी.....मैंने यह बात अध्यापक जी को इसलिए नहीं बताई क्यों की वो कुछ मानने को तैयार ही नहीं हो रहे थे....बस उसकी बात पर ही गौर कर रहे थे | जैसे कि मैंने पहले ही आपसे कहा है कि आश्रम संचालक तो धनाढ्य लोगो का ही साथ देते थे !

गुरु जी, उन्होंने भी मेरे ऊपर ही सारा दोष लगा दिया.....और मुझे सजा दी कि आज से जब तक तुम्हे उस कक्षा में नहीं जाने की अनुमति नहीं दी जाती...तब-तक तुमको एक समय का भोजन दिया जायेगा....ये ही सजा होगी तुम्हारी......

उसके उपरांत आपने क्या किया महाराज....? यह तो अन्नाय हो रहा था आपके साथ....आपको हिम्मत दिखाकर उसका विरोध करना चाहिए था !

मैं क्या करता गुरु जी, मैं तो छोटा, अनाथ होने के कारण से चुप रह गया.....और फिर मुझे यह भी डर था कि अगर मैंने उनके खिलाफ कुछ भी कदम उठाया तो कहीं वो मुझे आश्रम से ही न निकाल दें.....बस इसी डर से मैंने कुछ कहने के अतिरिक्त चुप रहना उचित समझा....यहीं पर मुझे पहला सबक मिला की इस कलयुग में सच की कोई अहमियत नहीं है....झूठ का बोलबाला है |

गुरु जी एक बात और है....अधिकतर बालक जो विभिन्न कारणवस इस प्रकार के अनाथ आश्रमों में रहते हैं | उनसे भूलवश अगर कोई गलती हो जाती है या फिर कोई उनपर किसी प्रकार का दोष लगा देता है | तो आश्रम वाले उनकी

बात नहीं मानकर, उन्हें ही दोष देते हैं और सजा भी ! इस प्रकार की सजा को कोई-कोई बालक झेल लेता है लेकिन अधिकतर सजा नहीं झेल पाते हैं और अपनी भूख मिटाने के लिए अनुचित तरीके अपनाते हैं | इस प्रकार उन्हें गलत काम करने की प्रेणना मिल जाती है और वो उस काम को करने में लिप्त हो जाते हैं ! उनका, अपना तो कोई होता नहीं जो उनको कोई सही सलाह दे ! इस प्रकार वो गलत कामो की तरफ रुख कर लेते हैं और जीवन भर इसी प्रकार के कामो को करते-करते, अधिक से अधिक पाप कर बैठते हैं ! आपको तो पता है कि ऐसे लोगो का समाज में क्या हाल होता है ?

गुरु जी, मैंने अपने स्वभाव के अनुसार इस प्रकार के कोई अनुचित कार्य कभी नहीं किये और न ही किसी को इस प्रकार के कार्य करने के लिए प्रेरित किया ! मैंने हमेशा ही धर्य से काम लिया !

गुरु जी... मैं विभिन्न संसाधनों की कमी होने के कारण से अपनी मन के अनुसार शिक्षा ग्रहण नहीं कर पाया.....मैं जिस प्रकार की शिक्षा ग्रहण करना चाहता था | उस प्रकार की शिक्षा नहीं मिल पाई....बहुत कठिनाइयों का सामना करना पड़ा अपनी शिक्षा को पूर्ण करने के लिए...|

कभी-कभी तो गुरु जी, मुझे अपने माँ-पिता जी बहुत याद आते थे.....अगर वो मेरे साथ होते तो मेरी देखभाल बहुत अच्छी तरह से रखते और जो मुझे चाहिए होता तो उसका प्रबन्ध वो बहुत ही सुगमता से करवा देते | माँ-पिता जी की कमी क्या होती है गुरु जी....इस समय मुझे पता चली | अनाथ का तो इस संसार में कोई नहीं होता.....सब लोग दुत्कारते रहते थे.....और माँ-पिता जी के न होने का दोष भी मुझे ही देते थे | आप ही बताइए गुरु जी, इसमें मेरी क्या त्रुटि थी कि मेरे माँ-पिता जी का सुख भी मुझे नहीं मिल पाया ? एक वाहन दुर्घटना में उनका देहांत हो गया था.....

सब अपने-अपने कर्मों का खेल है....महाराज.....और आपको पता ही होगा कि ये मृत्युलोक है......यहाँ पर दुःख का समय लम्बा होता है और सुख क्षणभर के लिए आता है.....आपने उस समय के आदर्श को, यहाँ इस समय पर भी कायम

रखने की चेष्टा की | ये आपकी भूल थी क्यों की देश, काल और चुनौतियों का सामना करने के लिए परिस्तिथि के अनुसार अपने आपको ढालना होता है.....!

आप ठीक कह रहें हैं, गुरु जी.......आपसे वार्तालाप करते-करते मुझे एहसास हो रहा है कि आपसे मेरा मिलन, मेरे जीवन के प्रारम्भिक काल मे हुआ होता तो मुझे इस प्रकार के कष्टो का सामना नहीं करना पड़ता ! इस कलयुग में, मैंने वोही आदर्श अपनाये थे, जब मैं त्रेतायुग में एक राजा था, उस समय के थे | लेकिन आप सही कह रहें हैं, यहाँ पर वो आदर्श काम नहीं आने वाले हैं.....लेकिन अब तो बहुत देर हो गई है, गुरु जी....आपने मुझे मेरे प्रारंभिक समय में क्यों नहीं चेताया ?

महाराज......आप अपनी इच्छा से यहाँ पर अवतरित हुए थे.....और फिर ये आपकी इच्छा थी कि आप अपने जीवन को कैसे चलाएंगे.....उस समय हमने आपके जीवन में दखल नहीं देने की सोची थी.....हम चाह रहे थे कि आप इस कलयुग के कार्यकलापों को भी अनुभव कर सकें और देखें कि संसार में मानव कैसी-कैसी लीला करता है.......

आप सही कह रहें हैं, गुरु जी.......आपने बिलकुल सही किया, मेरे जीवन में दखल न देकर......मुझे अब पता चल चुका है कि कलयुग में जीवन को सामान्य रूप से चलाना कितना कठिन कार्य है.....लोग तरह-तरह के उचित-अनुचित ढंग अपनाते हैं अपने जीवन को सुखी बनाने के लिए लेकिन फिर भी वो कभी-कभी ही कामयाब हो पातें हैं..........यहाँ पर दूसरों के कंधो पर पैर रखकर ही ऊपर चढ़ने के लिए सोचना पड़ता है......जीवन को सुचारू रूप से चलाने के लिए, मेहनत के साथ-साथ, छलकपट का भी सहारा लेना पड़ता है.....नहीं तो लोग, मेरे जैसे इंसान पर अपना प्रभाव जताते रहते हैं.......

जैसे.....महाराज......

गुरु जी आपको सब विदित है कि मैंने अपने आज तक के जीवन में क्या-क्या कष्ट उठायें हैं.......

जी....महाराज....हम सभी स्वर्गलोक वासिओं को तो सब कुछ ज्ञात होता है लेकिन मैं आपके मुख से सुनना चाहता हूँ......

गुरु जी, जब मैंने अपनी शिक्षा पहला चरण समाप्त किया.....तो अनाथ आश्रम के प्रधान संचालक ने एक दिन मुझे बुलाया और कहा कि अब तुम्हारी उच्च शिक्षा पूर्ण हो गई है....इसके उपरांत तुमको अपना जीवन स्वयं ही आगे बढ़ाना होगा और भरण पोषण के लिए खुद से ही प्रयास करने होने ! आगे हम तुम्हारे लिए भरण-पोषण का प्रबंध नहीं कर पाएंगे और अब हम तुम्हारी कोई सहायता करने में सक्षम नहीं हैं |

उनके इतना कुछ कहने के उपरांत फिर आपने क्या किया.....? क्या तुम्हे किसी अन्य इंसान का सहारा लेना पड़ा या फिर आपने अकेले ही संघर्ष करने की सोची.....?

गुरु जी.....मैंने भले ही कलयुग में, किसी सामान्य इंसान के यहाँ जन्म लिया था पर मेरा व्यतित्व उस राजा के सामान ही था ! जैसे की मेरा त्रेतायुग में था......इसी प्रकार मैंने भी अपना रास्ता खुद तय करने की सोची, इसमें मुझे असंख्य कष्टो का सामना भी करना पड़ा......कई बार मैं इन कलयुगी लोगो के कारण हताश भी हो जाता था.....कुछ निर्णय नहीं ले पता था लेकिन फिर मैं अपने अन्दर की सभी उर्जा को एकत्र करके, मैं अपने काम में लग जाता था |

आप महान हो....महाराज.....आपने, अपने आदर्श इस कलयुग में भी नहीं छोड़े, चाहे आपकी राह में कितने ही रोड़े आये......ये तो हमें ज्ञात था कि आप चाहे किसी भी रूप में इस मृत्युलोक में अवतरित हों......आप अपने मूल स्वभाव को नहीं छोड़ सकते | हमें, आप पर पूरा विश्वास था कि आप अपने लक्ष्य को प्राप्त करने के लिए किसी असत्य-अधर्म का रास्ता नहीं अपनाएगें | इसमें, आपने हमें निराश नहीं किया.....|

लेकिन गुरु जी, मैंने इसको कायम रखने के लिए अपनी तरफ से भरपूर प्रयास किया था.....अब आप ही बताइए गुरु जी की मैं इसमें कामयाब हुआ हूँ या नहीं.......

आप बिलकुल कामयाब हुए हैं......लेकिन उस आदर्श को कायम रखने में आपको असंख्य कठिनाईयों का सामना भी तो करना पड़ा होगा.....उसका विवरण विस्तारपूर्वक बताइए ?

जी गुरु जी.......जब मुझे अनाथ आश्रम से मुक्त कर दिया गया....मेरे सामने बहुत बड़ी चुनौती थी कि अब ऐसा क्या किया जाये कि अपने लिए कम से कम खानपान का प्रबंध हो जाये......

आपने क्या किया.....महाराज......आपके अनुसार, यहाँ तो कोई, किसी को अहमियत नहीं देता है.....अपने स्वार्थ के कारण, कोई किसी की सहायता भी नहीं करता होगा......क्यों मैं सही कह रहा हूँ न......महाराज ?

नहीं, गुरु जी, यहां पर आप थोड़े से सही नहीं हैं......इस कलयुग में भी कुछ लोग हैं जो परोपकार करने में विश्वास करते हैं....वो कुछ ही लोग होते हैं, जिनके बहुत बड़े-बड़े व्यापार होते हैं....वो अपनी कमाई में से कुछ न कुछ निकाल कर परोपकार में लगाते हैं | वो इस बात पर विश्वास करते हैं कि इस कलयुग में हमसे भूलचूक से जो अपराध हो जाये तो उसका जो फल मिलेगा, उसमे कुछ कमी हो जाएगी.....कुछ तो डर से परोपकार करते हैं और कुछ तो उनके संस्कार के कारण......कुछ दिनों तक मैंने अपने लिए भोजन का इंतजाम, ऐसे ही किसी न किसी भोजनालय से कर लिया और रात बिताने के लिए, वहां के किसी धर्मशाला में आश्रय ले लिया |

लेकिन महाराज....ये सब तो पूरे जीवन नहीं चला होगा, कोई एक दो दिनों तक ही भोजनालय में किसी को बर्दास्त कर सकता है और फिर इस प्रकार की व्यवस्था तो अपाहिज इंसानों के लिए ही हुआ करती है...जहाँ तक हम समझते हैं !

आप ठीक कह रहें हैं, गुरु जी......मैंने भी वहां एक दो दिनों तक ही भोजन किया......फिर मैंने किसी सेठ के यहाँ मजदूरी का काम किया......वहां से जो थोड़ा बहुत धन मिलता था, उसमे से मैं कुछ बचा लेता था और कुछ खानपान में खर्च हो जाता था......

सेठ ! हमने सुना है की सेठ तो अपने काम के प्रति किसी भी लापरवाही को बर्दास्त नहीं करते हैं.....सेठ अपने यहाँ काम करने वाले नौकर के साथ भी अच्छा व्यवहार भी नहीं करते हैं......महाराज ?

आपने सही सुना है, गुरु जी......शुरू में तो सेठ का व्यवहार मेरे प्रति भी ऐसा ही था पर एक दिन बहुत बारिश हो रही थी और उनकी दूकान में भी कुछ विशेष कार्य नहीं था | जब धीरे-धीरे रात होने को आई तभी उन्होंने मुझसे पूछा.....

हरी......तुम सुबह से श्याम तक, मेहनत से मेरे व्यापारिक प्रतिष्ठान में काम करते हो | तुम्हारे माँ-पिता क्या काम करते हैं और तुम कहाँ रहते हो.....मैंने ये सब तुमसे कभी नहीं पूछा और न ही तुमने मुझे बताया......अब बहुत तेज़ बारिश हो रही है | रात भी होने वाली है | ऐसी परिस्थिति अब तुम कहाँ जाओगे ? कुछ अपने विषय में बताओ ?

गुरु जी....मैंने सेठ को अपने आप बीती सब बता दी और कहा की मैं यहाँ पर स्थित एक धर्मशाला में रहता हूँ.....बस ऐसे ही जीवन चल रहा है | यहाँ तक मैं अपनी मेहनत और आपके उपकार कि वजह से ही पहुँच पाया हूँ....अगर आप मेरी सहायता नहीं करते तो पता नही मैं कहाँ होता और किस हाल में होता.....

उन्होंने क्या कहा.....? महाराज......

सेठ ने मुझमे पता नहीं क्या देखा था....उन्होंने ने मुझे हिम्मत देते हुए कहा.....कोई बात नहीं हरी, मैं तुम्हारी इमानदारी को देखते हुए, मैं तुम्हे अपनी दूकान में रहने की अनुमति देता हूँ.....मेरी इस दूकान के ऊपर एक कमरा बना हुआ है अगर तुम चाहो तो यहाँ रह सकते हो.......

मैं यहाँ रह तो लूँगा.....पर सेठ जी मैं आपको यहाँ रहना का कुछ भी अदा नहीं कर सकूँगा | क्यों की आप जो मेहनताना देते हैं उसमे कुछ मेरे खानपान में खर्च हो जाता है और इसमें से जो कुछ बचता है, उसको मैं भविष्य के लिए बचा लेता हूँ....क्या पता किस आड़े वक़्त में,इ स बचाई हुई धनराशी की आवश्यकता पड़ जाये |

बात तो तुम ठीक कर रहे हो....हरी.....पर मैंने तो तुमसे से यहाँ रहने का कहाँ कुछ माँगा है.....तुम्हारे यहाँ रहने से मेरे दो काम तो मुफ्त में ही हो जायंगें.......मैं तो केवल एक हाथ दे और एक हाथ ले की निति पर विचार करते हुए तुमसे यह आग्रह कर रहा हूँ ! सेठ जी कहा......

तुमने पूछा नहीं.....महाराज....कैसे दो काम हो जायेंगे, आपके यहाँ रहने से ?

जी गुरु जी.....मैंने उनसे पूछा......उन्होंने बड़े ही चतुराई से मुझे समझाते हुए कहा......हरी तुम्हारे यहाँ रहने से मुझे जो चौकीदार को शुल्क देना पड़ता है, वो बच जायेगा और दूसरा तुम शीघ्र उठकर, अपनी दूकान समझकर इसकी साफ़ सफाई भी तो कर ही लोगे !

मैं, गुरु जी उनकी, एक बात तो समझ गया कि वो बिना शुल्क दिए मुझसे तो काम मुफ्त में करवाना चाहते थे......और दो कर्मचारियो का काम अकेले से करवाना चाह रहे थे | उनके लिए तो मेरा वहां रहना, फायदे का सौदा ही साबित हो रहा था |

फिर आपने क्या कहा.....महाराज....?

मैंने सोचा की अगर मेरे यहाँ से सेठ जी का फायदा हो रहा है तो मुझे यहाँ रहने में कोई बुराई नहीं है.....और फिर मुझे कहीं ओर रहने की चिंता भी नहीं करनी पड़गी.....यह सोचकर मैंने उन्हें कहा कि मैं यहाँ रहने के लिए तैयार हूँ........पर गुरु जी, मुझे यहाँ रहने से दो काम तो करने ही थे और तीसरा, वो मुझसे अतिरिक्त काम भी करवा लिया करते थे ! साथ ही साथ तय समय से अधिक समय तक कार्य करना पड़ता था | जिसका वो कोई मेहनताना भी अदा नहीं करते थे |

आपने तो महाराज...अपने जीवन के शुरुआत से ही बहुत संघर्ष किया.....

जी गुरु जी........मैंने सेठ जी के यहाँ पर रहकर यह सोचा कि मैं जितना शीघ्र हो सके.....मैं थोड़ी अधिक मेहनत करके किसी दूसरी जगह पर नौकरी की तलाश कर लूँगा और यही सोचकर मैं, सारा-सारा दिन, उनकी व्यापारिक संस्थान में मेहनत करता और फिर रात को अपनी पढ़ाई भी करता था....लेकिन इसी बीच में मेरे साथ एक अजीब सी घटना हुई.......

क्या महाराज......?

हुआ यूँ की मैं जब एक दिन सेठ जी की दूकान में काम कर रहा था....सेठ को दुकान में आने में देर हो गई.....देर से आने पर उन्होंने मुझे बुलाया और कहा कि हरी, मैं तुमसे एक बात करना चाहता हूँ ?

बताइए सेठ जी ? मैंने उनसे कहा......

हरी,अब तुम्हारी उम्र भी विवाह लायक हो चली है अगर तुम कहो तो मैं तुम्हारे विवाह के विषय में कहीं बात चलाऊं ? उन्होंने मुझसे पूछा.....

सेठ जी,आपको तो पता ही है कि मेरे रहना का अभी कोई ठिकाना नहीं है और ना ही स्थाई कमाने का साधन है | ऐसी स्थिति में अगर मैं विवाह करूँगा तो जो मेरे संग विवाह करके आएगी, वो भी कष्ट में हो जाएगी ! मैंने उनसे बड़े विनम्र भाव से कहा.....

हरी, तुम तो मेरे पुत्र के सामान हो.....तुमसे अधिक इमानदार और निष्ठावान व्यक्ति, मैंने अपने जीवन में आज तक नहीं देखा....मुझे तुम पर पूर्ण विश्वास है | जब तक चाहो तुम यहाँ रह सकते हो और मेरे यहाँ पर काम कर सकते हो ! उन्होंने मुझे अपनापन जताते हुए कहा....

मैंने तुम्हारे लिए एक लड़की देखी है बहुत ही सुशील और सुंदर है.....पर गरीब परिवार से है.....अगर तुम कहो तो मैं उनसे आगे की बात चलाऊं ? उन्होंने पूछा........

तो आपने क्या कहा......महाराज...?

मैं क्या कहता....मेरे आगे पीछे तो कोई नहीं था | अपने जीवन के विषय में तमाम निर्णय मुझे ही लेने थे ! मैंने सोचा कि सेठ जी ने जो सोचा होगा,ठीक ही सोचा होगा......मैंने भी उनको सहमती दे दी !

सेठ जी ने बिना देर किये.....उस परिवार को मुझसे मिलने के लिए बुलवा लिया....सेठ के यहाँ से भी उनकी पत्नी और बेटी भी आ गई | मैं सेठ के परिवार

से, प्रथम बार, उसी समय मिला था | उनका परिवार तो बहुत दयावान और अच्छे आचरण वाला लग रहा था | मुझसे भी वो अच्छे तरीके के मिला था | लड़की के परिवार ने मुझे पसंद कर लिया....सेठ जी ने भी उनको सब बता दिया कि मैं कौन हूँ और कहाँ से आया हूँ|

फिर उन्होंने क्या किया....महाराज....? क्या आपकी बात पक्की हो गई.....?

जी गुरु जी.....उन्होंने और सेठ जी ने मिलकर मेरा विवाह, एक सादे समारोह में, एक आर्य समाज मंदिर में करवा दी......वो लड़की जिसका का नाम विद्या था....बहुत ही सुशील और सुंदर थी.....वो भी मेरे साथ, उस सेठ जी के दिए हुए कमरे पर रहने लगी | गुरु जी, मैं यह सोचकर खुश हो रहा था कि अब मेरा एक और साथी मिल गया | अब तो जीवन में आने वाले सुख-दुःख का सामना, दोनों मिलजुल कर ही लेंगे | एक से भले दो होते हैं.....गुरु जी !

ये तो उस सेठ जी ने बहुत ही पुण्य का काम किया था, आपको एक जीवन साथी उपलब्ध करवा दिया था.....महाराज.....एक बात और मैं आपको बताना चाहता हूँ.....जो कि हमारी संस्कृति में उद्दित अर्धांगिनी के संधर्भ में है ! इस पवित्र धरती पर उपलब्द शास्त्रों में पत्नी को अर्धांगिनी कहा गया है | उनके और भी नाम भी प्रचलित हैं जैसे की भार्या, धर्मपत्नी, प्राणेश्वरी, हृदयेश्वरी और गृहलक्ष्मी ! अर्धांगिनी का तात्पर्य अर्ध +अंगिनी होता है |

इसका सीधा सा अर्थ है कि पत्नी, पति के हर वस्तु और हर कार्य की आधी हिस्सेदार होती है । इसमें चाहे सुख हों या दुःख | फिर कोई जीवन का कोई महत्वपूर्ण कार्य हो, सब में वो आधे की भागीदार होती है | महाराज यह भी कहा गया है कि जो पति-पत्नी प्रेमपूर्वक एक-दूसरे का सम्मान करते हुए धर्मानुसार आचरण करते हैं वो ही घर में स्वर्ग का निर्माण कर पाते हैं । शास्त्रों में उस पति को सबसे अधिक भाग्यशाली माना गया है जिसकी अर्धांगिनी में ये चार गुण स्वतः विद्यमान होते हैं| उस अर्धांगिनीको लक्ष्मी का रूप भी माना जाता है -

1. गृह कार्य में दक्ष- जिस घर की अर्धांगिनी घर के समस्त कार्यों को करने में पूर्ण रूप से दक्ष होती है ! उस घर में कभी भी किसी प्रकार का विघ्न उत्पन्न नहीं

होता और समस्त कार्य सुचारू रूप से पूर्ण होते रहते हैं और उस घर को बहुत भाग्यशाली की संज्ञा दी गई है।

2. प्रियंवदा- जिस घर की अर्धांगिनी मृदुभाषी हो। विचारपूर्वक संयमित भाषा का प्रयोग करती हो। मन में बिना क्रोध के भाव लाये, मीठी वाणी से सबका स्वागत करती और कहा मानती हो | उस घर में क्लेश का वास नहीं हो पता और उस जैसी अर्धांगिनी पाकर व्यक्ति भाग्यशाली महसूस करता है।

3. पतिपरायणा- जिसकी अर्धांगिनी हमेशा पतिपरमेश्वर की सलाह का अनुसरण करती हो। पति के हर एक अच्छे कार्यों में तन, मन और धन से सहयोग करती हो। हमेशा घर के सौख्य और धर्म युक्त कार्यों में सम्मलित रहती हो। घर की सारी जिम्मेदारी अपनी तन्मयता से निभाती हो | वह अपने पति के लिए सबसे ज्यादा भाग्यशाली साबित होती है। घर की सुख शांति बनी रहती है |

4. पतिव्रता- जिनकी अर्धांगिनीतन मन से केवल अपने पति का चिंतन करती हो। निस्वार्थ भाव से पति की सेवा करती हो। अपने पति से खूब प्रेम करती हो।

इन चारो गुणों की वजह से पत्नी ही सच्ची साथी सिद्ध होती है और वो ही एक ऐसी इंसान होती है जब सब, इंसान का साथ छोड़ कर चले जाते हैं तो पति की देखभाल बुढ़ापे में भी वो ही करती है और पति को भी चाहिए की वो अपनी पत्नी का ध्यान रखे, उसके सुख-दुःख में अपना भरपूर साथ दे......

जी गुरु जी.....आपने जो पत्नी की व्याख्या की है | विद्या बिलकुल उसी का प्रतिरूप थी | लेकिन गुरूजी मुझे साथी तो मिल ही गया था लेकिन ज्यादातर मैं, सेठ जी की संस्थान में काम करता रहता था.....रात होने पर वो खाने पर ही कुछ क्षण के लिए ही मुझसे बात कर पाती | लेकिन उसने कभी शिकायत नहीं की इस विषय पर कि आप मुझे ज्यादा समय नहीं दे पाते हैं.....गुरु जी, यह सिलसिला बहुत दिनों तक इसी प्रकार ही चलता रहा और हमने यह सोचकर अपना समय काटा कि कभी तो हमारे जीवन में उजाला होगा |

एक दिन गुरु जी.......सेठानी जी, हमारे उठने से पहले....हमारे कमरे में आ गई उनके साथ सेठ जी भी थे......हमने भी उनकी बहुत आवभगत की.......और वो दोनों अन्दर आकर बैठ गए......हम दोनों ने एक दुसरे की तरफ देखा.....मानो पूछ रहे हों कि ये दोनों अचानक हमारे पास क्यों आये हैं ? हमसे क्या काम हो सकता है ?

आपने पूछा नहीं उनसे महाराज....क्या काम है और इतनी सुबह आने का क्या कारण हो सकता है ?

जी गुरु जी.....जब उन्होंने जलपान किया...फिर मैंने उनसे ये सवाल किया !

सेठानी ने कहा......बेटा तुम तो सारा दिन हमारी दुकान में काम में व्यस्त रहते हो और यहाँ विद्या अकेली रह जाती है.......और अकेले होने से इसका मन भी ऊब जाता होगा....और फिर इसका समय ऐसा है कि इसके मन में उदासी के भाव नहीं आना चाहिए | अगर तुम चाहो तो बेटा, विद्या हमारे घर में....मेरे कामो में...थोडा हाथ बटा दे तो मेरा काम भी हल्का हो जायेगा और इसका कुछ समय भी व्यतित हो जाया करेगा | अगर तुम दोनों चाहो तो......तुम दोनों तो हमारे बेटा-बेटी के समतुल्य हो, इसी लिहाज से मैं तुमसे आग्रह कर रही हूँ.....और यह मत समझना की तुम्हारे ऊपर कोई दबाव है ये तो तुम दोनों की इच्छा पर निर्भर है.....तुम दोनों एक दो दिन में सोचकर हमें बता सकते हो कोई शीघ्रता भी नहीं है ! मैं धीरे-धीरे तो अपना काम कर ही लेती हूँ !

उनसे, आपने क्या कहा ? वो तो आप पर भावनात्मक रूप से दबाव ही तो बना रहे थे......महाराज ?

जी गुरुजी.....सेठ और सेठानी बहुत चतुर थे.....फिर उनका पेशा भी ऐसा था उस पेशे में तो चालाकी आ ही जाती है | मैं उनकी सब बातें समझ रहा था लेकिन मैं क्या करता ? हमने उनसे कहा की सेठ जी, सेठानी जी आप लोगो का हमारे ऊपर बहुत उपकार है, हम आप को मना करने की हालत में भी नहीं हैं......तुम क्या कहती हो, विद्या ? मैंने विद्या की तरफ देखते हुए से पूछा......

हाँ हाँ....सेठानी जी, मैं कल से आपके घर आ जाया करुँगी....जो भी काम होगा, उसमे मैं आप हाथ बटा दिया करुँगी ! इसमें कोई समस्या नहीं है ! विद्या ने तुरंत ही कह दिया.......

मैंने विद्या की ओर इशारा भी किया लेकिन विद्या ने पहले ही अपना निर्णय सुना दिया |

ठीक है बेटा....कल से आ जाना.......सेठानी ने तुरंत ही कहा.....और वो दोनों शीघ्र ही वहां से चले गए......

अगले दिन से विद्या....शीघ्र उठी और अपने कमरे की साफ़ सफाई करके और मेरे लिए दोपहर के भोजन का इंतजाम करके जैसे ही सेठ जी के घर जाने के लिए तैयार हुई, तो मैंने उससे पूछा की इतनी शीघ्र क्यों जा रही हो ?

आप ठीक कह रहे थे....महाराज की सुबह-सुबह ही उनके जाकर क्या करना चाहती थी, महारानी जी ?

गुरु जी, वो भी मुझ जैसी ही थी, वो मेरे द्वारा बनाये गए आदर्श पर चलने की कोशिश करती थी | सेठानी जी ने कहा था कि उनके काम में हाथ बटाना है तो सुबह-सुबह ही सबसे अधिक काम होता है सोचा की शीघ्र जाकर मैं उनकी कुछ सहायता कर पाऊं | इसलिए शीघ्र जा रही हूँ !

गुरूजी, वहां पर सेठानी जी और उनकी बेटी ही घर का सारा काम करती थी | कोई अधिक काम होता था तो विद्या उनके काम में हाथ बटा दिया करती थी......सब ठीक ही चल रहा था......|

एक दिन गुरु जी, सेठानी जी ने विद्या को बुलाया और कहा की बेटा आज मेरी तबियत ठीक नहीं है.....जितना हो सके, तुम दोनों मिलकर घर का काम निपटा देना | कुछ देर में अगर मेरी तबियत ठीक हो जाएगी तो मैं भी तुम लोगो के साथ काम करवा दूंगी |

उस दिन विद्या, सारा दिन उनके घर का काम ही करती रही | इसलिए उसे वहां से आने में बहुत देर हो गई.....जब वो कमरे पर आई तो बहुत थकी-थकी सी लग रही थी...

गुरूजी मैं, उसकी दशा देखकर हैरान रह गया क्यों की वो इतनी अधिक उर्जावान थी कि मुझे उसे देखकर अपने अन्दर उर्जा का अनुभव होता था.....काम करने में इतनी माहिर थी कि शायद ही कोई उस जैसा काम कर पता हो.....कभी उसने थकने की शिकायत नहीं की थी.....लेकिन आज पता नहीं क्या हुआ की उसकी हालत ठीक नहीं लग रही थी !

आज बहुत देर हो गई है...ज्यादा काम था क्या आज ? मैंने विद्या से पूछा....

हाँ जी,आज सेठानी जी की तबियत ठीक नहीं थी | इसलिए सारा काम मुझे ही करना पड़ा.....

और उनकी बेटी क्या रही थी....वो भी तो तुम्हारे साथ काम करवा सकती थी ? मैंने उससे पूछा.....

उसने भी मेरा साथ दिया पर अधिक नहीं ! आप समझते हैं कि उच्च्च खानदान की बेटियां किस प्रकार की होती हैं....उनको किसी से कोई मतलब नहीं होता है ! बस वो अपने सजने सवरने पर अधिक ध्यान देती रहतीं हैं !

लेकिन विद्या तुम्हारी भी तो तबियत ठीक नहीं चल रही है ? तुम सेठानी जी से बोल सकती थी कि मैं इस हालत में अधिक काम नहीं कर पाऊँगी | मैंने उससे कहा......

जी, आप ठीक कह रहें पर एक दिन की ही तो बात है कल से तो सेठानी जी ठीक हो जाएगी और काम कम हो जायेगा ! उसने कहा......

लेकिन....

लेकिन क्या......महाराज ? कोई छल हुआ, क्या महारानी के साथ ?

गुरु जी, इस कलयुग में किसी गरीब की कोई अहमियत नहीं है....बस सब उसकी मज़बूरी का फायदा उठाने के फिराक में रहते हैं | उसके बाद से तो सेठानी और उनकी बेटी ने, घर के किसी भी काम को हाथ लगाना ही छोड़ दिया.....सारा काम विद्या के जिम्मे छोड़ दिया | वो तो विद्या ने मुझे बताया नहीं.....

एक दिन मुझे सेठ जी ने कुछ लेने के लिए अपने घर भेजा | मैं वहां के हालत देखकर हैरान रह गया ! सेठानी और उनकी बेटी तो आराम से सो रही थी और विद्या घर का काम करने में लगी हुई थी | उन लोगो को, उसकी तबियत की कोई चिंता नहीं थी | बस अपने काम से मतलब था.....अगर उसकी तबियत ठीक भी नहीं होती तो भी वो अधिक से अधिक काम उससे ही करवाते थे | गुरूजी, उनको तो मुफ्त में काम करने वाली जो मिल गयी थी | विद्या, इतनी संस्कारी थी कि वो उनसे अपनी परेशानी के विषय में भी नहीं बोल पाती थी | धीरे-धीरे काम समाप्त करने की चेष्टा रहती थी |

आपने सेठ जी से इस विषय में कभी बात नहीं की....महाराज ?

क्या बात करता.......गुरूजी, हम तो एक तरह से उनके जाल में फंस ही गए थे......उनको हमारे जैसा इमानदार और मेहनती व्यक्ति कहाँ मिलता ? वो हमारी शालीनता का अनुचित लाभ उठा रहे थे ! जब पानी बिलकुल सिर से ऊपर चला गया तो एक दिन हम दोनों ने अपना मन बनाया कि अब मैं उन सेठ जी का काम छोड़ दूंगा और कोई दुसरे काम की तलाश कर लूँगा |

मैंने, इस विषय में सेठ जी से बात की | पहले उन्होंने अपनापन जताते हुए मुझे समझाने की बहुत कोशिश की और मेरा महंताना बढ़ाने का भी लालच देने लगे ! लेकिन जब बहुत देर उनके समझाने से मैं नहीं माना तो उन्होंने अपना रूप एक क्षण में बदल लिया और तरह-तरह के डर दिखाने लगे ! गुरुजी, मैंने उनसे कहा की हम आपकी सलाह पर विचार करेंगें ! उस समय बात आई गई हो गई !

लेकिन हम दोनों ने तो अपना मन बना लिया था और फिर अब हमारा परिवार भी बढ़ने वाला था ! थोड़े दिनों के उपरांत मैंने सेठ का काम छोड़ दिया और एक मकान बनाने वाले ठेकेदार के यहाँ नौकरी करने लगा और एक छोटे से

मकान में रहने लगे | वो मकान भी उसी ठेकेदार का दिया हुआ था | हमारे जाने के बाद भी सेठ जी ने हमारा पीछा नहीं छोड़ा.......

अपना भला बुरे के विषय में सोचने का, आपको पूरा अधिकार है ! क्या किया उसने....कुछ गलत तो नहीं किया.....आपके साथ, महाराज ?

उस समय तो उन्होंने कुछ नहीं कहा और मुझे काम छोड़ने के लिए मुक्त कर दिया ! उसके कुछ दिनों के बाद, उन्हें हमारी दोनों की अहमियत पता चली होगी या सेठानी ने उनको समझाया होगा ! पहले तो वो सीधे हमारे समक्ष आकर हमें समझाने का प्रयास किया लेकिन जब भी मैं नहीं माना तो उसके बाद वो इतना नाराज़ हो गए कि उन्होंने तरह-तरह की जुगत लगाकर मुझे वापिस लाने ले लिए पूरा प्रयास करने लगे | फिर भी जब वो कामयाब नहीं हो पाए तो उन्होंने हमारे घर पुलिस को भेजकर मुझ पर चोरी का आरोप लगा दिया......

चोरी का आरोप ! महाराज.......ये क्यों ?

गुरु जी, उनको मेरे जैसा इंसान और विद्या जैसी मुफ्त की नौकरानी कहाँ से मिलेगी ? इसलिए मुझे बदनाम और दुःख देने के लिए, इस प्रकार का आरोप लगा दिया....मैंने उन पुलिस वालो से कहा की मैंने कोई चोरी की है लेकिन वो माने नहीं और कहने लगे तुमने सेठ जी की दूकान से दस हज़ार की चोरी की है.......अगर तुम ये नहीं दोगे तो हमें मजबूरन, तुम्हे कैद में डालना पड़ेगा |

गुरूजी, विद्या ने हाथ जोड़कर उनसे विनती की.....ये ऐसा काम कभी नहीं कर सकते.....हमने तो उनकी तन और मन से भरपूर सेवा की है ! सेठ जी और आपको को कोई भ्रम हो गया है....और ये तो बहुत बड़ी धनराशी होती है चोरी तो दूर, हमने तो इतनी बड़ी धनराशी कभी देखी भी नहीं है ! कृपया आप सेठजी जी को समझाए कि इस प्रकार का आचरण, ये कभी नहीं कर सकते.....विद्या ने बहुत विनती की....लेकिन वो नहीं माने.....

जब, गुरु जी वो नहीं माने तो हमने सेठ जी की रकम को धीरे-धीरे चुका देने के आग्रह किया.....सेठ जी मान गए....गुरु जी मुझे इतना वेतन नहीं मिलता था |

इतने वेतन में तो घर का खर्च भी पूरा नहीं हो पता था | विद्या की दवा दवाई पर कुछ पैसे खर्च हो जाते थे, फिर इन सब के उपरांत भी मैंने बहुत ही कष्ट से गुजारा करते हुए....सेठ जी की सारी रकम चूका दी |

जीवन बहुत मुश्किल से बीत रहा था | इसी बीच गुरु जी, एक खुशखबरी आई....विद्या बच्चे को जन्म देने वाली थी | एक रात, विद्या की तबियत बहुत खराब हो गयी....उसकी पीढ़ा मुझसे देखी नहीं जा रही थी ! मैंने सोचा कि उसको किसी चिकित्सालय ले जाया जाये ! बाहर देखा की बारिश बहुत तेज़ हो रही थी ! मैंने अपने पड़ोस में रहने वाले मेरे एक साथी कर्मचारी की पत्नी को विद्या की सहायता के लिए बुला लिया ! वो भी बिना संकोच के विद्या की सहायता के लिए इतनी रात को आ गई ! बारिश के बीच मैंने और अपने सहकर्मचारी कि सहायता से उसको एक सरकारी चिकित्सालय में भर्ती करवा दिया......वहां उसने मेरे बेटे को जन्म दिया लेकिन वहां के चिकित्सक के बहुत प्रयासों के बाबजूद वो विद्या को नहीं बचा सके |

ये तो बहुत ही दुखद समाचार था.....महाराज.....आपके लिए......!

जी गुरु जी.....उस समय से मेरे जीवन में और भी संघर्ष वाले दिन आ गए | कोई पक्का काम नहीं था मेरे पास और ऊपर से यह मुसीबत आ गयी थी | विद्या का मेरे साथ इतना ही समय था, यह सोचकर मैंने सब्र कर लिया था | गुरु जी, जब मैं विद्या का अंतिम संस्कार करने के लिए शमशान भूमि पर ले गया तो वहां के हालत देखकर कर तो मेरी आँखों से आंसू ही निकल गए |

वहां पर क्या हुआ.... महाराज?

गुरु जी....अंतिम संस्कार करने वाले तो उस समय ऐसे लग रहे थे की वो कोई वसूली करने वाले हों | सब सामान ले जाने के बाद भी, क्रियाकर्म करवाने वाले, मुझसे अपने मेहनताने के रूप अधिक रकम की मांग कर रहे थे | वहां पर मौजूद लोगो ने कहा कि इनको तो छोड़ दो क्यों की ये बहुत गरीब इंसान है.....लेकिन वो नहीं माने और बगैर कुछ लिए अंतिम संस्कार नहीं करने की बात करने लगे |

गुरु जी, जिनके यहाँ पर मैं काम करता था | वो भी आये थे, मेरे साथ विद्या का अंतिम संस्कार करने के लिए.......उन्होंने कहा की आप लोग इनका संस्कार करो आपको आपकी रकम मिल जायगी.....लेकिन वो नहीं माने....उनको तो अपने लाभ से मतलब था | वो ये भी नहीं सोच रहे थे की मुझ जैसा मामूली काम करने वाला व्यक्ति इतनी रकम कहाँ से लाएगा.....मैंने पहले ही अपनी मजबूरी उनको बता दी थी.....जब वो नहीं माने तो मेरे मालिक ने उनको पैसे अदा किये,तब जाकर उन्होंने विद्या का अंतिम संस्कार किया......

गुरूजी, मैं कुछ दिनों के बाद, विद्या की अस्थियों को लेकर गंगा माँ के तट पर गया तो वहां का हाल देखकर मुझे बहुत अधिक दुःख हुआ | वहां पर क्रियाकर्म करने वाले पण्डे भी क्रियाकर्म करने की अवज में, अपने-अपने हिसाब से रकम वसूलते हैं | तरह-तरह के तर्क देकर वो इंसानों को समोहित कर देते हैं या फिर कहें की वो लोगो को डरा कर, उनसे अधिक से अधिक रकम वसूलते हैं | उनको किसी की मज़बूरी से कोई मतलब नहीं.....

पर महाराज.....उन्हें अपनी रोजी रोटी चलाने के लिए तो इस प्रकार मेहनताना की वसूली तो करनी पड़ेगी | अगर वो मुफ्त में ये सब कर देंगे तो उनके बच्चो के लिए रोजी रोटी का इंतजाम कैसे हो पायेगा !

आप ठीक कह रहे हैं.....गुरूजी, पर उनको भी देख कर ही वसूल करना चाहिए | इस प्रकार से अनुचित तरीके अपनाकर वो लोगो को, एक तरह से ठगने का काम ही तो कर रहे हैं | काम के अनुसार से मेहनताना लेने से तो किसी को भी परेशानी नहीं होगी ! गुरूजी, जो सक्षम है उसको अनाप-शनाप रकम देने में कोई परेशानी नहीं होती है | लेकिन गुरुजी, मेरे जैसे गरीब को बहुत कष्ट तो होता ही है इस प्रकार की वसूली से !

बड़े ही निर्दयी लोग हैं यहाँ के....महाराज.....इसलिए इस युग को कलयुग कहा गया है और यहाँ हैरत की बात तो यह है कि इस प्रकार के पापों में भागीदार बनने वाले लोगों में भगवान् का जरा सा भी खौफ नहीं है | कम से कम आपकी दशा और आपके छोटे से लाल को देखते हुए, उन्हें इस तरह का आचरण नहीं

करना चाहिए था......लेकिन जो वो कर रहे थे उनको भी इसका आभास नहीं होगा कि उनका पाप का घड़ा धीरे-धीरे भर रहा था |

आप उदास ना हो, गुरु जी....मुझे तो इस तरह का अपमान सहने की आदत पड़ गई थी....पल-पल मैंने बहुत अपमान सहा था | दूसरे इंसान तो हमेशा ही कमजोर, मजबूर इंसान पर ही अपना जोर दिखा पाते हैं......सब काम से निपटने के बाद मैं अपने छोटे से बालक को लेकर और चिंताग्रस्त हो गया ! अब इसकी देखभाल कौन करेगा और इसका लालन-पालन कैसे होगा ? यही सोच सोचकर मेरी चिंता और बढ़ रही थी | ये सब कैसे होगा ? कुछ समझ नहीं आ रहा था | इस बालक का, मेरे जीवन में एक प्रभाव अच्छा और एक दुःख भरा हुआ |

दुखभरा प्रभाव तो आपने पहले ही बता दिया कि आपकी अर्धांगिनी का देहावसान हो गया | लेकिन दूसरा आनंदमय प्रभाव क्या हुआ ? कृपया उसका वृतांत विस्तार से बताएं......दुखभरी व्यथा सुनकर मेरे भी मन को दुःख का आभास हो रहा है......महाराज, जींवन तब ही सुखमय होता है जब सुख और दुःख सामान रूप से जीवन में आते जाते रहें | इंसान को जीवन में अगर सुख ही सुख की अनुभूति होती रहे तो जब दुःख की अनुभूति होती है तो वो उस क्षण भर के दुःख को भी सहन करने में अक्षम होता है और ज्यादा दुखी होता है |

जी गुरु जी.......विद्या को बच्चो से बहुत लगाव था | वो बहुत खुश थी कि घर में बालक के आगमन से हमारे जीवन के दुःख दूर हो जायेंगे...लेकिन परमात्मा को कुछ और ही मंजूर था....मैंने इस बालक का नाम "रोहित" रखा |

जिस प्रकार मेरा कोई नामकरण जैसा कोई उत्सव नहीं हुआ था | उसी प्रकार ही मैं, इस बिन माँ के बालक का कोई उत्सव नहीं मना सका | आस पड़ोस के लोगो ने ही मेरे इस छोटे से बालक का नामकरण किया था | उसके आने से मानो मेरे जीवन ने बहुत दिनों के बाद कुछ ख़ुशी के पल आये |

गुरु जी, मैंने उसको पालने में बहुत कठिनाइयों का सामना किया था | बिन माँ के बच्चे को पालना तो अपने आप में एक प्रकार से किसी युद्ध से कम नहीं होता | उसने भी बहुत सी चीज़ों के आभाव को अनुभव् किया था.....कभी-कभी

तो बेचारा रो-रो कर सो जाता था.....दिन रात मेहनत करने के बाद मेरी एक छोटी-मोटी सरकारी नौकरी लग गई थी....मैंने उस समय शुक्र मनाया था कि अब तो हमारा जीवन सकून से कट जायेगा |

धीरे-धीरे रोहित बड़ा हो रहा था और पढने में वो मुझे से भी होशियार था | जिस वजह से उसे आगे बढ़ने में कोई परेशानी नहीं हो रही थी....बड़ी ही सुगमता से वो कक्षा दर कक्षा बढ़ता जा रहा था.....वो भी बहुत ही समझदार था उसे ज्ञात था कि उसके पिता की आय इतनी नहीं है | इसलिए मुझसे किसी भी वस्तु के लिए जिद नहीं करता था और कभी-कभी तो पढ़ाई में किसी सामान की आवश्यकता होती थी तो वह किसी अपने सहपाठी से उधार लेकर काम चला लेता था |

गुरु जी....वो जितनी चादर, उतने पैर पसारने की निति पर चल रहा था.....मैंने भी उसके सभी प्रकार के जरुरत को अपनी तरफ से पूरा करने कोशिश की थी....पर वो मेरी हालत को देखकर मना कर देता था....उसने आज तक मुझसे किसी प्रकार की कोई अनुचित मांग नहीं रखी है.....बहुत नेक इंसान है, मुझे उदास को देखकर वो भी उदास हो जाता है और मेरी बहुत चिंता करता है |

ये तो बहुत मन को बहुत हर्ष देने वाली बात है....महाराज....संतान अगर नेक निकल जाये तो जीवन बहुत सुगमता से व्यतीत हो जाता है | ये ही हमारे पिछले जन्म के कर्म होते हैं जिस प्रकार हमने कर्म किये हुए होते हैं उस पर हमारे वर्तमान का जीवन निर्भर करता है | क्योंकी जीवन का कुछ हिस्सा हम अपने प्रबार्ध को ही भोगते हैं | संतान के व्यवहार से ही हमारे और हमारे पूर्वजों के संस्कार का पता चलता है.....महाराज हरिश्चंद,आगे बताइए क्या हुआ.......

आप ठीक कह रहे हैं, ये सब पिछले कर्मो का ही फल है जो मुझे बहुत ही आज्ञाकरी पुत्र मिला ! अभी तक मुझे बहुत लोगो से मिलने का मौका मिला है | जिनका अपने अपने संतान को लेकर विभिन्न प्रकार के विचार हैं | सब लोगो ने अपनी संतानं को लेकर सार्वजनिक कोई प्रतिकिया नही दी थी | वो सब अपनी संतान को सबकी संतानं से उत्कृष्ट मानते हैं | लेकिन जब उनके घर में झांको तो सच्चाई सामने आने लगती है ! गुरु जी, एक मेरे पडोसी हैं जो अपने परिवारों

वालो की प्रशंसा करते-करते नहीं थकते थे | उनके दो बेटे हैं | वो अपने बेटे को लेकर इतना घमंड करते हैं कि उनके जैसे तो किसी के बेटे नहीं होंगे | धीरे-धीरे वो बड़े होते गए | वो, वैसे तो बहुत मामूली से नौकरी करते थे |

करते थे...मतलब अब वो नहीं करते हैं क्या, महाराज ?

जी गुरु जी, अब वो सेवानिर्वृत हो चुके हैं ! अब वो कहाँ हैं. पता नहीं | यहाँ पर सिर्फ अपने परिवार के साथ,उनका बड़ा बेटा ही रहता है |

ऐसा क्या हुआ, महाराज.....अब वो दोनों कहाँ है ?

दोनों कौन, गुरु जी ?

वो और उनकी पत्नी....महाराज ?

उनकी पत्नी का तो देहांत कुछ समय पहले ही हो गया था और वोही अपने बड़े बेटे के साथ रह रहे थे | छोटा बेटा तो विदेश में नौकरी करता है | गुरु जी, मुझे किसी से ज्ञात हुआ है कि उनकी बहु अब उनसे लड़ती झगड़ती है | शायद इसी से तंग आकर वो कहीं पर चले गए होंगे ?

कोई तो कारण होगा महाराज कि बहु उनसे लड़ती थी ? मेरा तो मानना है कि कोई जब बहुत ही परेशान किया जाता है तो वो अपनी मर्यादा भूल जाता है | उसको फिर किसी का भी आभास नहीं होता, चाहे समाज हो या परिवार में बड़ा या छोटा | वो तो केवल अपने बन्धनों से मुक्ति के लिए छठपटाता रहता है और जब भी उसे मौका मिलता है वो उसका भरपूर लाभ उठाने का प्रयत्न करता है | क्या महाराज, वो उनके बन्धनों में थी ?

गुरु जी, मुझे किसी से ज्ञात हुआ कि उसकी सास उसे अपने नियंत्रण में रखती थी | उस परिवार में उनके कहने के अनुसार ही काम होता था | बहु को वो बात-बात पर टोकती रहती थी | उनकी मृत्यु के बाद उसने यह रूप धारण किया होगा ? आपने फिर ठीक ही कहा है कि जो जैसा बोयेगा, वैसा ही काटेगा | इसमें किसी का दोष नहीं होता, सब अपने कर्मो का परिणाम होता है |

गुरु जी, मेरे एक जानकार थे ! जब उनके बच्चे छोटे थे | उनके कई भाई और बहने थी | उनके घर में शादी से पहले बहुत चहल पहल रहती थी | सब अपने अपने कामो में व्यस्त रहते थे | जब उनको समय मिलता तो सब एकत्र होकर समस्त बात पर विचारविमर्श और हंसी मजाक करते थे | उनके पिता जी का देहांत हो चूका था | केवल माँ ही रह गई थी | धीरे धीरे सब की शादी होती चली गई और सब अलग अलग रहने लगे | कुछ समय के बाद तो वो आपस में ऐसा बर्ताव करने लगे जैसे की वो आपस में शत्रु हों ! एक दुसरे का मुह भी देखना पसंद नहीं करते थे | इनके विवादों के बीच वो बूढी माँ फंस गई | कोई, उनकी तरफ ध्यान नहीं देता था | सब उनसे पल्ला झाड़ना चाहता था | बहुएं तो उन्हें भला बुरा कहती थी ही, साथ में उनकी देखा देखि उनके बेटे भी, उसी प्रकार का आचरण करते थे | बूढी माँ, असहाय होकर चुप हो जाती थी | लेकिन मन ही मन ही उन्हें बहुत बदुआ देती रहती थी | वो उनकी की ओर ध्यान न देकर, अपने में मस्त रहते थे और उल्टा अपने अपने बच्चो से उनका मजाक उडवाते थे | जब वो बूढी माँ गुजर गई उसके बाद उनके पतन का समय शुरू हो गया | उनके साथ भी वो ही होने लगा जो उन्होंने अपनी माँ से साथ किया था | इसी का ही फल था की उसकी बहु और बेटा भी उन्हें पूछता नहीं था | जैसा उन्होंने अपनी माँ के साथ दुर्व्यवहार किया था उसी प्रकार, उनके बेटे भी उनसे उसी तरह का व्यवहार करने लगे | कहते हैं की बच्चे जो अपने बड़ो को देखते-देखते सीखते हैं वो उसका अनुसरण भी वो उन्ही के ऊपर करते हैं | अगर अच्छा देखते हैं तो अच्छा करते हैं अगर वो, उनका किसी के प्रति दुर्व्यवहार देखते हैं तो उसी प्रकार व्यवहार करते हैं | इसमें दोष तो सिर्फ और सिर्फ घर के बड़ो का होता है | संस्कार तो घर से ही आते हैं |

छोटा बेटा जो विदेश में नौकरी करता था | वो तो ओर भी दुष्ट था | वो अपने माँ पिता को अपने साथ रखने से इनकार ही करता था | उनसे अच्छा व्यवहार भी नहीं करता था | बड़ा भाई किसी मज़बूरी में या फिर कहें समाज के डर से उनको अपने साथ रखता था | लेकिन उनका व्यवहार तो उनके प्रति वैसा ही था | इससे दुखी होकर उस बेटे ने भी उनको घर से निकाल दिया !

क्या कहा महाराज.....उनके बेटे ने उन्हें घर से निकाल दिया ? जब वो भी तो बूढ़े हो गए होंगे ? उस निर्दयी बेटे हो यह भी नहीं लगा की इस उम्र में कहाँ जायंगे ?

लेकिन गुरु जी, ये तो सब हमारे प्रबार्ध और वर्तमान के कर्मो का फल होता है !

जब हमारा समय होता है तो हम किसी को भी कुछ समझते हैं और सिर्फ और सिर्फ अपना ही भला चाहते हुए, दुसरो के साथ अनुचित व्यवहार करते हैं | इसका फल तो हमें मिलना जरुरी हो जाता है, चाहे तत्काल मिले या कुछ समय के पश्चात | फल तो हमें जरुर मिलता है | इससे कोई बचा नहीं है, आज तक !

अभी तक पता चला है क्या उनका......महाराज ?

कोई मेरा पडोसी बता रहा था की वो अभी एक वृद्धा आश्रम में देखे गए हैं और बहुत संकटभरा जीवन जी रहेहैं |

चलो जाने दो, महाराज......ये तो संसार है ! यहाँ दुःख और सुख तो चलते रहते हैं | आप अपनी आगे की कथा बताइए........

गुरु जी.....सब ठीक ठाक चल रहा था, जीवन में किसी प्रकार का कोई कष्ट नहीं था | लेकिन एक दिन विभाग से मेरे नाम से आदेश आया की मुझे एक सरकार के जन प्रतिनिधि के पास नियुक्त कर दिया गया है और मुझे तुरंत उनके पास जाने का आदेश दिया गया | मैंने इस प्रकार के व्यक्ति के पास कभी नौकरी नहीं की थी | लोगो से पता चला की वो लोग बहुत ही उचित-अनुचित कार्य करते रहते हैं और जो सरकारी कर्मचारी उनके पास नियुक्त होता है उससे भी इसी प्रकार के काम करवाते हैं | सरकार से अधिक से अधिक लाभ उठाने की कोशिश करते हैं | इस कलयुग में जनता के द्वारा चुने जाने के कारण एक प्रकार से तो वो ही समाज में राजा के सामान माने जाते हैं !

गुरु जी, जैसा की कलयुग में होता है अगर किसी को समय से पहले कुछ बड़ा मिल जाये तो उसका अहंकार सातवें आसमान पर चला जाता है..... उस जन प्रतिनिधि का व्यवहार उसी प्रकार का था........सरकार में पहुँच होने से उसके

अहंकार को और चार चाँद लग गए थे | वो अपने सामने किसी को भी कुछ नहीं समझता था और बात बात पर क्रोध करना... उसके स्वभाव में मानो सम्मलित ही हो गया था......गुरु जी, वो किसी का सम्मान नहीं करता, चाहे वो व्यक्ति कितनी भी बड़ी पदवी का हो या उम्र में कितना भी बड़ा हो |

अहंकार तो किसी का भी नहीं रहा......महाराज.....अहंकार के मद में चूर होकर हम दूसरों के अनुभवों और ज्ञान का उपयोग अच्छी तरह और अच्छे कामो में नहीं कर पातें हैं | महाराज, संसार के हर व्यक्ति में, चाहे हो कितना भी छोटा और कमजोर क्यों न हो, एक अनुकरणीय अच्छाई अवश्य होती है | उस अच्छाई को हम अहम् के कारण न तो देख पाते हैं और न ही ग्रहण कर पाते हैं | अहंकार की वजह से हम हमेशा दूसरों को अहमियत नहीं दे पाते हैं और उनका अपमान कर बैठते हैं | जब व्यक्ति बिना किसी परिश्रम के और केवल चाटुकारिता के बल पर अधिक उचाई पर पहुँच जाता तो उसका दंभ और भी बढ़ जाता है और ऐसे में वो भूल जाता है कि समय सभी का एक सामान नहीं रहता ! "समय की मार बहुत ही कष्टदायक होती है" | वह यह भी भूल जाता है कि जब उसका समय खराब आएगा तो तब उसका साथ देने के लिए कोई नहीं आएगा | जिनका को तिरस्कार करता था, सहायता मांगने उन्हीं के पास जाना पड़ेगा | उस समय, उसे वो अहंकार याद आएगा, जिसे वो अपना तुच्छ हथियार समझता था और उसी की आड़ में वो दूसरों का तिरस्कार करता रहता है | जब समय की मार पड़ेगी और उसके पास वो अहम् पद नहीं होगा तो वो अहंकार ही उसका सबसे बड़ा दुश्मन होगा |

आप ठीक कह रहें हैं गुरु जी.......अपने कार्यकाल में उसने अपनी उस तथा कथित शक्ति का भरपूर अनुचितप्रयोग किया और अपने स्वार्थ में, उसने किसी को कुछ नहीं समझा.....लेकिन वो शक्ति ज्यादा देर तक उसके साथ नहीं रही और वो अगला चुनाव हार गया | हार जाने के बाद ही कुछ दिनों तक उसे, यह समझ नहीं आया की वो हार कैसे गया.......लेकिन उन्ही लोगो ने, जिनका वो तिरस्कार करता था, सबने उसको यह अहसास करवा दिया कि अहंकार का राज अधिक दिनों तक नहीं चलता ! जबतक उसे समझ आती तबतक बहुत देर हो गई थी | उसके चुनाव

हार जाने के बाद उससे सारी शक्ति छीन गई थी अब वो एक आम इंसान के रूप ने जाना जा रहा था |

गुरु जी, रस्सी जल गई लेकिन बल नहीं गए.....उसके बाद भी वो दुसरो पर उसी प्रकार से रोब जताने का प्रयास करता था पर तब उसकी कोई सुनता नहीं था......यहाँ तो यह समझ आ गया था की "गद्दी को सलाम" होता है | उसके पद पर नहीं रहने से मेरी नियुक्ति किसी दुसरे जन प्रतिनिधि के पास हो गई | इस तरह से जीवन चलता रहा.......कभी ख़ुशी कभी गम का माहौल आता जाता रहा.......

महाराज......जीवन तो एक सिक्के के दो पहलु हैं...एक तरफ तो सुख है और दूसरी तरफ दुःख है......लेकिन अन्धकार के छटने के बाद तो उजाला ही होता है | जो मानव धर्य रखकर कर अन्धकार का मुकाबला करता है और उसके छटने कि प्रतीक्षा करता है.....वो ही उजाले का अधिक और अच्छा आनंद उठता पाता है.........चलिए महाराज, अब इस संसार की और महिमा बताइए......

गुरु जी.....जैसा की मैंने कहा की यहाँ पर किसी के उपकार का कोई मोल नहीं है.....सभी को अपने ही स्वार्थ की पड़ी है.....कई लोग परोपकार का कार्य करने का ढोंग करते हैं.....लेकिन परोपकार करने के पीछे अपने स्वार्थ की अधिक चिंता रहती है |

वो कैसे महाराज......?

एक दिन करीब आधी रात के समय था | ठंडी-ठंडी हवा चल रही थी और हल्की हल्की बारिश हो रही थी | मेरा मन हुआ की कमरे की खिड़की को खोल दिया जाये ताकि स्वच्छ हवा का घर में प्रवेश कर सके | यह सोचकर मैंने खिड़की के पट खोल दिए और खिड़की से बाहर देखने लगा....बहुत ही मन को मोहने वाली हल्की-हल्की ठंडी हवा खिड़की से टकराकर अंदर आ रही थी....वहीँ पास में मेरा बेटा सो रहा था | ऐसा लग रहा था कि वो भी इस मोहक हवा का आनंद ले रहा था, थोड़ी-थोड़ी देर में अपने हाथ पैर इधर-उधर कर रहा था ! घर में टंगे हुए समस्त पंचांग और चित्र भी हवा से उड़ रहे थे ! उस पर रिमझिम बारिश ठण्ड को और बढ़ा रही थी ! राहगीर अपने वाहन से, अपने-अपने गंतव्य पर जाने को

उतावले हो रहे थे ! ठेले वाले और खोमचे वाले भी ठेले और अपने सिरों पर अपना-अपना बचा हुए सामान लेकर शीघ्रता से अपने गंतव्य की ओर प्रस्थान कर रहे थे !

तभी मैंने देखा कि एक बूढी अम्मा, एक घने पेड़ के नीचे, अपने आपको बारिश से बचाते हुए आने जाने वाले राहगीरों से भीख मांग रही थी ! रात हो चली थी, ठण्ड भी अधिक हो रही थी | राहगीरों को अपने घर पहुँचने की शीघ्रता हो रही थी ! कोई भी उस अम्मा की ओर ध्यान नहीं दे रहा था ! मैंने सोचा की क्यों न उन अम्मा की मदद की जाये और देखा जाये की ऐसी क्या मज़बूरी है ? अम्मा को जो इतनी रात को, इतनी ठण्ड में भीख मांगनी पड़ रही है | जैसे ही मैं अपने घर से एक कम्बल लेकर बाहर जाने के लिए तैयार हुआ....उतने में मेरे बेटे के रोने की आवाज आई....वो सोते-सोते एकदम उठ गया था ! मैं वो सब भूलकर उसे चुप कराने के लिए रुक गया | वो बहुत देर तक रोता रहा....शायद उसे किसी की याद आ गई होगी...बच्चा था, सिर्फ रोने के अलावा, कुछ कह तो नहीं सकता था |

आप ठीक कह रहें हैं...महाराज.....कई बार छोटे बच्चो को अपनी माँ की बहुत याद आती है जबकि माँ उसके नजदीक ही क्यों न सो रही हो | सोते-सोते वो अचानक उठ जाते हैं और रोने लगते हैं..... सिर्फ हम अंदाजा ही लगा सकते हैं | क्या पता उसे कोई शारीरिक परेशानी हो रही हो.......इस प्रकार की परेशानी तो सिर्फ माँ ही समझ सकती है.....उसे ही पता होता है की उसे क्या हो सकता है ? छोटे बच्चो के कुछ विशेष संकेत होते हैं जो सिर्फ बच्चे की माँ ही समझ सकती है ! वो, कुछ विशेष व्यवहार करके उसे शांत कर देती है | हम पुरुषो को तो इस प्रकार का कोई अनुभव नहीं होने की वजह से यह कार्य करने में असमर्थ होते हैं ! इस प्रकार के कार्य करने का वरदान तो सिर्फ माँ को ही प्राप्त होता है | इसलिए इस धरती पर “माँ” को भगवान् का एक रूप माना जाता है |

जब वो दुबारा सो गया तो मैंने बाहर जाकर देखा.....लकिन अम्मा वहां नज़र नहीं आई | मैंने उन्हें आस पास बहुत खोजा लेकिन वो नहीं मिली फिर मैंने सोचा की वो अपने घर चली गई होगी | बारिश भी तेज़ होना शुरू हो चुकी थी |

उनको खोजने में मैं भी थोडा भीग गया था | मैं शीघ्रता से घर वापिस आकर गीले कपडे उतारकर और शरीर हो सुखाकर सो गया.....लेकिन गुरु जी मुझे उस रात ठीक से नींद नहीं आई | उस समय मैं सोच रहा था कि अम्मा को इतनी रात में भीख मांगने की जरुरत आन पड़ी रही है ! क्या कारण हो सकता है ? यह सोचते सोचते मैं सो गया | मेरी आँख फिर सुबह ही खुली....जब मैंने अपने बेटे के रोने की आवाज सुनी ! रो रोकर उसका बुरा हाल हो गया था | ऐसा लग रहा था शायद वह बहुत देर से रो रहा है | उसको भूख भी लग रही होगी....मैं शीघ्रता से उठा और उसके लिए दूध गर्म करके लाया और बोतल से पिला दिया....और कुछ देर के बाद मैंने, बेटे को तैयार कर दिया और अपने लिए भी खाना भी बना लिया !

क्या....आप बेटे को भी अपने साथ, अपने कार्यालय ले जाते थे....महाराज या फिर उसको सँभालने के लिए अलग से प्रबंध किया हुआ था ? एक बात और आपसे पूछना चाहता हूँ महाराज...अगर आज्ञा हो तो पूछूं ? मुझे यह पूछने की बहुत जिज्ञासा हो रही है ! जब से मैंने आपसे सुना है कि बेटे के होने के कुछ अंतराल के बाद ही महारानी का देहांत हो गया था |

जी गुरु जी अवश्य मैं आपको सब विस्तार से बताऊंगा ! लेकिन गुरु जी आपको मुझ जैसे तुच्छ व्यक्ति से आज्ञा लेने की आवश्यकता नहीं है.......

नहीं.....आपने भले ही इस मृत्युलोक में, कलयुग काल में क्यों ना जन्म लिया हो पर आप मेरे लिए तो आप वोही इमानदार, दयावान, शूरवीर और वचन को निभाने वाले, ए क महान राजा "हरिश्चंद" ही हैं......... महाराज ! इस काल में यहाँ के लोग आपको पहचानने में सक्षम नहीं हैं |

गुरु जी...ये तो आपका बड़प्पन है ! गुरु जी, बताइए आपको क्या जानने की जिज्ञासा हो रही है ?

महाराज....मैं आपसे पूछना चाहता हूँ की आपकी आयु तो कम थी जब आपकी की पत्नी का देहांत हो गया था और आपके सामने नवजात बेटे को पालने का संकट भी था.....तो उस समय आपने दुसरे विवाह के विषय में क्यों नहीं सोचा......या फिर कोई और बात है ?

जी गुरु जी......मैंने आपको पहले ही बता दिया है कि मैंने अपने बेटे को पालने में बहुत मुसीबतों का सामना किया है रात-रात भर जागकर कर उसका ख़याल रखा है.....जब कभी वो बीमार हो जाता तो वो सामान्य दिनों की अपेक्षा बहुत परेशान करता था | लेकिन वो तो बहुत छोटा था, उसे कहाँ ले जाता ? गुरु जी, जब मैं अपने कार्यालय में जाता तो उसको मैं एक अबला स्त्री के पास छोड़कर जाता था, वो मेरे कार्यलय से वापस आने तक उसकी देखभाल करती थी |

महाराज....मैं यह जानकार बहुत अचंबित हूँ कि इस कलयुग में भी कुछ दयालु लोग उपस्थित हैं | आप तो बहुत भाग्यवान हो महाराज कि आपको, अपने बेटे को पालने के लिए एक दयालु अबला स्त्री मिल ही गई थी.....!

जी गुरुजी.....वो बहुत सभ्य स्त्री थी | उसके पति का भी देहांत, कम उम्र में ही हो गया था | उसकी परिस्तिथि भी मेरे समकक्ष ही थी | इस कम उम्र में पति के देहांत होने से लोग तरह-तरह की बात बनाते हैं और फिर उसके सामने अपने जीवन यापन की भी समस्या थी | उसकी एक बेटी थी, वो भी मेरे बेटे की उम्र की ही थी | उसकी भी देखभाल करना भी तो बहुत विकट होता है,विशेषतय एक स्त्री को ! वो मेरे बेटे और अपनी बेटी, दोनों को एक साथ रख लेती थी | उसके पास अपनी आय का कोई साधन न होने की वजह से वो आस पड़ोस के बच्चो को अपने पास रखने का काम ही करती थी | उसकी अवज में उसे कुछ आमदनी हो जाती थी | उससे वो अपने घर का खर्च चला लेती थी | उसने जिस भी प्रकार से मेरे बेटे को पाला था | कम से कम तो मैं उस अबला स्त्री का बहुत आभारी हूँ और हमेशा रहूँगा |

जहाँ तक मेरे दुसरे विवाह का प्रश्न है | मैंने एक बार सोचा था कि इतना लंबा जीवन कैसे व्यतीत करूँगा और फिर मेरे इस छोटी सी संतान को पालने के लिए, पता नहीं क्या-क्या प्रयास करने पड़ेंगे ? उस समय मेरे हितकारी रिश्तेदार का कोई अता-पता नहीं था | कहूँ तो किस से कहूँ अपने मन की बात, यह सोचकर मैं शांत बैठ गया | बहुत दिनों तक मैंने इस विषय में सोचना भी उचित नहीं समझा और जैसा चल रहा था उसी प्रकार चलाने का फैसला किया |

लेकिन महाराज...आपने बहुत कष्टों का सामना किया होगा, एक छोटे से बच्चे को पालना बहुत कठिन कार्य होता है....अब तो आपको पता ही चल गया होगा कि अगर अर्धांगिनी हो तो जीवन बहुत ही सरलता और सुगमता से व्यतीत हो जाता है और अन्तकाल में वो ही पति परमेश्वर का साथ निभाती है !

आप ठीक ही कह रहें हैं, गुरु जी......पर मैं क्या करता, आप ही बताइए किस को अपने इस दुःख के विषय में बताता और फिर मेरे जैसे अनाथ व्यक्ति को कौन सुनता....जिसका कोई अता-पता नहीं था ! ना मेरे धर्म और जाति का ! यह सोचकर ही मैंने दुसरे विवाह के लिए अधिक प्रयास नहीं किया |

लेकिन महाराज.......आप तो भलीभांति जानते हैं कि इंसान जन्म से नहीं बल्कि कर्म से अपना नाम बनता है......जैसा वो कर्म करता है उसी प्रकार की, उसकी जाति-पांति और धर्म होता है | आपको तो पता नहीं था की आपने जहाँ जन्म लिया था, उनकी क्या जाति और धर्म था | लेकिन वर्तमान में,आपने जो धर्म ग्रहण किया है वो ही आपका धर्म है और उसी के अनुसार आपकी जाति है |

आप ठीक कह रहें है, गुरुजी.....मैंने भी यही सोचकर,अपने विवाह की चर्चा, अपने सहकर्मियों से की थी | उन्होंने,अपनी तरफ से प्रयास भी किये थे लेकिन वो कामयाब नहीं हो पाए | अनाथ समझकर कोई भी अपनी बेटी का हाथ मुझे सौंपने के लिये तैयार नहीं हो रहा था |

गुरुजी, मैंने किसी अपने सहकर्मी की सलाह पर उस अबला स्त्री के पास प्रस्ताव भी भिजवाया था | यह सोचकर कि उसको भी एक सहारा मिल जायेगा और मुझे भी एक जीवन साथी मिल जायेगा | मैंने यहाँ तक उसको कहलवाया था कि मैं उसकी बेटी को अपनाने के लिए भी तैयार हूँ पर उसके रिश्तेदारों के मना करने की वजह से उसने मुझसे रिश्ता जोड़ना उचित नहीं समझा और मैंने भी अपने भाग्य से समझौता कर लिया | मैंने सोचा कि शायद मेरे जीवन में किसी स्त्री के आगमन का कोई योग ही नहीं होगा ! मैंने अपने भाग्य के लेखा मानकर अपने बेटे की देखभाल में तल्लीन हो गया और धीरे-धीरे वो भी बड़ा होता चला गया,अब वो इतना बड़ा हो गया है की मुझे भी समझाने लगा है |

चलो बहुत प्रयास के बाद ही सही आपको सफलता मिल ही गई.....प्रयास दर प्रयास करने के बाद फल अवश्य मिलता है और उसके प्राप्ति का आनंद दुगना हो जाता है और अपने आपको सुख और शांति का अनुभव अधिक होता है ! क्या आप मुझे उससे मिलवा सकते हैं.......महाराज ?

गुरुजी,मैं आपको मिलवा तो देता पर अभी बेटा,बहु और मेरा नन्हा सा पोता अपने ससुराल में किसी परिचित के घर गया है। वहां पर कोई समारोह है.....

आप नहीं गए....महाराज.......कोई बात है क्या ?

नहीं नहीं गुरुजी, ऐसी कोई बात नहीं है....वो तो मुझे भी चलने के लिए कह रहे थे | मेरी बहु तो मुझसे बहुत जिद कर रही थी कि बाबूजी, आपके वहां चलने से आपका भी कुछ मनोरजन हो जायेगा और मेरे रिश्तेदारों से मिलना भी हो जायेगा | जबसे मैं आपके घर आई हूँ तब से मैंने देखा की आप कहीं आते-जाते नहीं है सिर्फ हमारा ख्याल रखते है....लेकिन गुरूजी, मैंने ही मना कर दिया |

महाराज, हम सब जानते हैं.....आप क्या समझ रहे हो कि अगर कोई बात आप हमें नहीं बताओगे तो हमें पता नहीं चलेगी ?

आप तो सर्वज्ञता हैं, गुरुजी......आपसे, बात कैसे छुप सकती है ?

हाँ गुरुजी.....जिस अम्मा की बात आपको बता रहा था | एक दिन फिर वो रात में नज़र आई....उसी प्रकार से वो राहगीरों से भीख मांग रही थी | मैंने सोचा की अभी तो बेटा सो रहा है शीघ्रता से एक कम्बल लेकर उनकी सहायता की जाये | मैं शीघ्रता से एक कम्बल लेकर उनके सन्मुख चला गया |

अम्मा.........मैंने उनको आवाज लगाई !

कौन,कौन है ? उन्होंने आश्चर्य से चारों ओर देखते हुए पूछा......

अँधेरा घिर गया था,शायद अम्मा को मैं ठीक से दिखाई नहीं दे रहा था इसलिए मैंने कहा......मैं हूँ....अम्मा,आपका बेटा...!

मेरी आवाज सुनकर...उनकी आँखों से अश्रु की धारा फूट पड़ी....कहाँ चला गया था.....तू, मुझसे मिलने आया क्यों नहीं, जब से तू मुझे छोड़कर गया है.....बेटा तब से मेरे संकट भरे दिन आरम्भ हो गये हैं। अपनी फटी पुरानी साड़ी से अपने आंसू पोछते हुए उसने मेरा हाथ पकड़कर पूछा.......

अम्मा, मैं तो यहीं था पर आपका कोई पता ही नहीं चल रहा था। आप कहाँ चली गई थी....जहाँ मैं आपको छोड़ गया था वहां तो आप थी ही नहीं ? गुरुजी मैंने उनका मन रखने के लिए उनसे झूठ बोला ! आपको तो ज्ञात ही है कि मैंने अपने पूरे जीवनकाल में कभी भी इस प्रकार का भ्रम किसी को नहीं दिया था और अब भी मेरा यही उदेश्य होता है कि कोई मेरे कारण से कोई दुखी ना हो !

हमें सब ज्ञात है महाराज......आप जैसा इंसान ना तो त्रेता, द्वापर में हुआ है और ना ही कलयुग में देखा है ! हमें पता है की आपने अम्मा का मन रखने के लिए ये सब कहा होगा.....लेकिन फिर क्या कहा उस बूढी अम्मा ने.....महाराज ?

अब मैं यहाँ रहना नहीं चाहती हूँ बेटा मुझे अब तू अपने घर ले चल....यहाँ पर मेरे साथ ठीक प्रकार से व्यव्हार नहीं होता है ! तू ही देख रहा है कि मुझे यहाँ इतनी ठण्ड में भीख मांगनी पड़ रही है ! वो मुझे ठीक प्रकार से भोजन भी नहीं देते हैं और अगर मैं कभी बीमार भी हो जाऊं तो वो मेरा इलाज भी ठीक से नहीं करवाते !

तुझ जैसे बेटे के होते हुए भी मुझे ऐसा तुच्छ सा काम करना पड़ रहा है ! तू तो मेरी व्यथा समझ सकता है ! इतना कहकर वो सुबक-सुबक कर रो पड़ी.....उन्हें देखकर बहुत आत्म गलानी हुई और मन को बहुत दुःख पहुंचा....गुरुजी !

गुरुजी,इस प्रकार के करुणा से भरे स्वर को सुनकर मुझे भी रोना आ गया......कलयुग में इस प्रकार का व्यवहार भी क्या होता है, किसी भी लाचार के साथ ? यहाँ पर किसी को,किसी की चिंता नहीं है, सब अपने में मग्न हैं!

ये तो आप ठीक कह रहें हैं....महाराज.....लेकिन आपने क्या किया ? आपने उस बूढी अम्मा को कहाँ छोड़ा....?

गुरुजी.......इस प्रकार की व्यथा सुनकर मुझसे रहा नहीं गया...उन अम्मा को लेकर मैं अपने घर आ गया ! उन्होंने घर के अन्दर आकर कुछ इस प्रकार का सन्देश दिया.......

बेटा.......तेरा तो बहुत बड़ा घर था ! क्या हुआ कि तू इस छोटे से घर में रह रहा है ? क्या कोई बात हुई है तेरे साथ भी, बहु तो बहुत ही अधर्मी है, तू तो जानता ही है ? शुक्र है की वो घर पर नहीं है नहीं तो मुझसे फिर वो उसी प्रकार का व्यवहार करती ! लेकिन एक बात बता कि वो है....कहाँ ?

अम्मा,नहीं मैं तो शुरू से ही यहीं पर रह रहा हूँ आपको कुछ भ्रम हो गया है शायद.......मैंने उनसे कहा.....

नहीं नहीं,बेटा मुझे अच्छे से याद है की तेरा बहुत बड़ा घर था.....बहुत सारे नौकर चाकर थे....कहाँ गए सब ? उन्होंने फिर कहा.....

इतने में मेरे बेटे की रोने की आवाज आई.......मैंने देखा की वो सुबक-सुबक कर रो रहा था | पहले भी वो रो-रो कर सो गया होगा.....मैंने शीघ्रता से उसके लिए दूध गरम किया और उसको दिया,वो पीकर फिर सो गया......

ये कौन है बेटा......? अम्मा ने पूछा.....

अम्मा ये मेरा बेटा है.....मैं और ये ही रहते हैं,यहाँ......मैंने कहा.....

तेरी....वो नकचड़ी बीवी कहाँ चली गयी है ? अच्छा हुआ वो चली गई । अब हम सब सकून से रह सकेंगे ! उन्होंने कहा......

अम्मा,जो आप समझ रहे हो वो मैं नहीं हूँ ! गुरु जी....मुझसे,अम्मा को बहुत देर तक भ्रम में रखना ठीक नहीं लगा तो मैंने उनको सब बता दिया कि मैं उनका बेटा नहीं हूँ......पर हूँ तो उनके बेटे के सामान ही.....

तू मेरा बेटा नहीं, तो तू कौन है ? फिर मुझे यहाँ लेकर क्यों आया है ? मेरे पास तुझे देने कर लिए कुछ नहीं है ! अगर तू वोही झपटमार है तो तू तो मुझसे पहले ही सब कुछ छीन चूका है....और क्या चाहिए...... मुझसे....अब तुझे ?

अम्मा,जो आप समझ रहे हो मैं वो नहीं.....मेरा नाम हरी है और मैं यहीं पर रहता हूँ | मेरी पत्नी का देहांत, रोहित को जन्म देते वक़्त ही हो गया था | अब बस मैं और ये ही रहतें हैं.......आप आज रात यहीं पर रुक जाओ.....सुबह मैं आपको, जहाँ पर कहोगी वहीँ मैं छोड़ दूंगा !

तो.....तू मेरा बेटा नहीं है ! मेरा बेटा कहाँ चला गया है......बेटा, अगर तुझे पता है तो मुझे उसके पास छोड़कर आ जा.....मुझसे, वो बहुत दिनों से मिलने भी नहीं आया है.......यह कहकर, वो फिर रोने लगी !

जी अम्मा, मैं कल तुम्हारे बेटे को खोजने की कोशिश करूँगा.....अगर मुझे मिला तो, मैं उसे, आपके पास तुरंत लेकर आ जाऊंगा | आप चिंता न करें....परमेश्वर सब ठीक करेंगे.....मैंने बड़ी मुश्किल से उनको चुप करवा दिया | मुझे लगा की उनको भूख लग रही होगी | जो भोजन मैंने अपने लिए बनाया था,वो मैंने उनको खिला दिया और अपने कमरे में सुला दिया और मैं अपने बेटे के पास में ही नीचे दरी बिछाकर सो गया | रात बहुत हो गई थी....मुझे भी शीघ्र ही नीद आ गई.......अम्मा भी सो गई थी |

महाराज.....क्या आपने,उनके बेटे को खोजने की कोशिश की ?

गुरुजी,मैं जब सुबह उठा तो देखा कि मेरे घर का मुख्य दरवाजा खुला हुआ था | पहले तो मैंने सोचा की शायद मैं जल्दबाजी में मुख्य दरवाजा बंद करना ही भूल गया | मैंने अन्दर के कमरे में जाकर देखा तो वहां अम्मा नहीं थी | सुबह-सुबह अम्मा कहीं घुमने गई होगी, इसलिए दरवाजा खुला हुआ है | यह सोचकर मैं अपने काम निपटाने में लग गया | अपने और अम्मा के लिए भोजन बना लिया और बेटे के लिए थोडा हल्का का भोजन बना दिया | इतना करने में मुझे काफी समय लग गया.....समय का ध्यान भी नहीं रहा.....मैंने देखा की अम्मा अभी तक नहीं आई है | बहुत इन्तजार के बाद सोचा अम्मा अब शायद नहीं आएगी अब बहुत देर हो चुकी है मुझे कार्यालय चलना चाहिए |

अम्मा, शायद कहीं गई होगी तो श्याम तक आ ही जाएगी......यह सोचकर मैं, बेटे को उसकी अभीक्षक के पास छोड़कर अपने कार्यालय चला गया | सारा

दिन बहुत काम था और कार्यलय में भागदौड़ बहुत थी ! इसलिए मुझे किसी बात का स्मरण नहीं रहा | जब मैं, बेटे को लेकर,श्याम को अपने घर आया तो अम्मा नहीं आई थी | कुछ देर इन्तजार करने के बाद मैंने अपने लिए भोजन तैयार किया | मैंने बेटे को दूध पिलाकर सुला दिया और मैं भी भोजन करके सो गया | थोड़ी देर के बाद बहुत रात हो चुकी थी ! मैंने अपने घर के बाहर कुछ लोगो की आवाजे सुनी ! वो किसी बूढी स्त्री की बातें कर रहे थे ! मुझे भी वहां जाकर, यह सब जानने की इच्छा हुई | वहां जाने पर पता चला की वो सब लोग किसी बूढी अम्मा के विषय में पता कर रहे थे ! आने जाने वाले राहगीरों से पूछताछ कर रहे थे ! उनसे पता किया तो उन्होंने,अम्मा की फोटो दिखाते हुए मुझसे भी कुछ सवाल किये कि मैंने तो उन्हें कहीं देखा है ? गुरुजी.....पहले तो मैंने उनसे पूछा की आप लोग कौन हैं और इन अम्मा के विषय में क्यों पूछ रहे हैं ? उन्होंने बताया कि वो लोग एक वृधाश्रम चलाते हैं और ये अम्मा बहुत दिनों से आश्रम से गायब है ! पता नहीं कहाँ चली गई है ?

फिर तुमने क्या किया.....महाराज......आपने उन्हें सब सच सच बता दिया या नहीं ?

गुरु जी........मुझे यहाँ रहते-रहते लोगों के छलकपट का पता लग चूका था | लोग अपने स्वार्थ के लिए पता नहीं क्या-क्या प्रपंच करते रहते हैं ! मैंने सोचा की उनके आश्रम में जाकर ही पता किया जाये की मामला क्या है और क्या ये लोग वाकई सही लोग हैं या फिर किसी लालच के चलते ही अम्मा को खोज रहें हैं ?

पहले तो मैंने उनसे उस आश्रम का पता पूछा, जिनका वो जिक्र कर रहे थे !

महोदय, अगर आपको इनके के विषय में कुछ पता है तो बात करो वरना अपने काम से काम रखो ! उन्होंने मुझे धमकाने के लहजे में कहा....

क्या वाकई उन्होंने इस प्रकार की भाषा का प्रयोग किया आपसे.... महाराज ?

जी गुरूजी, जब मैंने उनको बताया की मैं जानता हूँ, अम्मा को....तो उन्होने मुझे भीड़ से अलग करते हुए उनके विषय और पूछा.....लेकिन मैंने उनसे कहा कि मैं तुम सबको आश्रम में आकर ही बताऊंगा....अब तुम मुझे अपने आश्रम का पता बताओ नहीं तो मैं उनके विषय में कुछ नहीं बताऊंगा ! मैंने भी उनकी भाषा में ही जवाब दिया....!

उन्होंने क्या कहा आपसे महाराज.....क्या कोई परेशानी,आपके लिए तो पैदा नहीं की उन्होंने ?

गुरु जी....जैसे की मैंने पहले भी बताया था कि यहाँ को लोग दूसरों की चिंता कम करतें हैं अपने स्वार्थ का पहले सोचते हैं....शायद इसी वजह से उन्होंने मुझ पर दबाव बनाया कि मैं उन्हें अम्मा का पता तुरंत बताऊँ और उनके पास ले चलूँ.....लेकिन गुरुजी......मैं भी अब तक यहाँ के पैंतरे सब समझ चूका था मैंने भी उनको,उस जनप्रतिनिधि का हवाला दिया,जिसके साथ मैं काम कर रहा था | यह सुनकर वो सब शांत हो गए और मुझसे,उन्होंने कहा कि कृपया आप कल आश्रम में आकर उनका अता-पता बता देंगे तो आपकी बहुत महरबानी होगी...बहुत जरुरी है.....अगर अम्मा नहीं मिली तो हमारे आश्रम पर पुलिस,कोई कार्यवाही कर सकती है !

वो हमारे आश्रम में ही रह रही थी, लेकिन बहुत दिनों से अचानक कहाँ चली गई पता ही नहीं चला रहा ? हम उन्हें खोजते-खोजते बहुत परेशान हो गए हैं ! अब जाकर कुछ आपसे इनके के विषय में पता चला है | इतना कहकर,वो अपने आश्रम का पता मेरे हाथ में थमा कर,वहां से चले गए और मैं भी अपने घर में आ गया |

तो क्या महाराज....आप अगले दिन उनके आश्रम गए ?अगर आप वहां गए तो वहां आपने क्या देखा.......इस प्रकार के आश्रम के विषय में तो हमने पहले कभी सुना नहीं था ! हमारे युग में तो इस प्रकार की प्रथा होती ही नहीं थी,ना कोई वृद्ध इस प्रकार के आश्रम में रहता था |ह मारे युग में तो परिवार के सभी लोग

मिलजुल कर रहते थे | सब एक-दुसरे का सुख-दुःख में ध्यान रखते थे | ठीक कह रहा हूँ ना मैं....महाराज.....

जी गुरुजी,आप बिलकुल ठीक कह रहे हैं....लेकिन यह कलयुग चल रहा है.....यहाँ पर किसी को, किसी की भावनाओं की कद्र नहीं है ! सब अपने में मस्त रहते हैं.....कोई किसी का अहसान नहीं मानता है....ना माँ पिताजी का और ना किसी रिश्तेदार का.....

ठीक कह रहें हैं....महाराज आप......लेकिन बताओ तो सही वहां जाकर आपको क्या पता चला या फिर उनसे क्या बातचीत हुई ?

गुरुजी, मैंने अपने कहने के अनुसार वहां गया ! वहां जाकर मैंने देखा की उस आश्रम में बहुत से कमरे बने हुए थे ! बाहर बरामदे में आश्रम में रहने वाले लोगो के कपडे सूख रहे थे ! कुछ कर्मचारी अपने-अपने काम में व्यस्तथे ! दरसल वो एक प्रकार की संस्था थी जो इस प्रकार का आश्रम चलाती थी.....बाहर उसके नाम का नामपट्ट भी लगा हुआ था और एक तरफ उनके द्वारा किये जाने कामो की सूची भी लगी थी....मैंने उसको पढना चाह.....तो वहां खड़े हुए एक चौकीदार ने मुझे टोकते हुए कहा.....

क्या बात है बाबू जी....क्या काम है और आपको किससे मिलना है ? उसने पूछा.....

भाई, मेरा नाम हरी है और मैं यहाँ एक सरकारी कार्यालय में एक जनप्रतिनिधि के साथ नियुक्त हूँ | कल कुछ लोग मुझसे मिले थे किसी काम से...उन्होंने ही मुझे यहाँ बुलाया है....अंदर जाकर उनको संदेश दे दो कि मैं आया हूँ....वो अपने आप सब बता देंगे.....मैंने उनसे कहा.....

ठीक है बाबू जी.....मैं अभी जाता हूँ और अन्दर पूछकर आता हूँ...जब तक आप यहीं पर तनिक इन्तजार करो ! उसने मुझे बहुत नम्रतापूर्वक कहा.....

ठीक है....पर शीघ्र आना...मुझे भी अपने कार्यालय जाना है....मैं उनको कुछ बताकर नहीं आया हूँ !

ठीक है बाबू जी.....मैं गया और आया....आपको देर तक इन्तजार नहीं करना पड़ेगा ! उसने कहा और अंदर चला गया......और मैं वहीँ पर खड़ा रहा......उसने अन्दर बहुत देर कर दी ! मुझे भी अपने कार्यालय जाना था.....तो उनसे बिना पूछे अंदर चला गया.......

क्या बात है भाई ? मैंने तुमसे कहा था कि शीघ्र बताना, मुझे, अपने काम पर भी जाना है.......मैंने थोडा गुस्सा दिखाते हुए कहा.......

वहां पर मौजूद एक व्यक्ति ने कहा......साहेब, वो लोग, जो आपके पास गए होंगे.....मुझे इसके विषय में कुछ पता नहीं है ! जब वो आयेंगे तो पता चलेगा ! उसने कहा.....

वो कब तक आयेंगे.....मुझे भी तो अपने काम पर जाना है.....मैं और इन्तजार नहीं कर सकता, मैं जा रहा हूँ.....जब उनको जरुरत हो तो उनको मेरे घर पर भेज देना.... मुझसे मिलने ! अब मैं, यहाँ पर नहीं आऊंगा ! मैंने उनसे कहा और मैं अपने कार्यालय में आ गया..अपने काम में लग गया !

गुरुजी, मेरा रोज का काम था कि मैं अपने बेटे को लेकर ही अपने घर आता था और उसके साथ थोडा खेलकर ही, जो भी अपने और बेटे के लिए बनाना होता था ! उसकी तैयारी करता था पर पहले बेटे को दूध, पीने के लिए देता ! जब मैं श्याम को अपने घर आया तो मैंने देखा की वोही लोग जो रात को मुझसे मिले थे....सब खड़े थे !

उन्होंने हाथ जोड़कर मुझसे क्षमा याचना की.......साहेब, हमसे गलती हो गई थी कि आपको मिलने का समय नहीं बताया था ! इस वजह से आपको थोड़ी असुविधा हुई, इसके लिए हम क्षमा प्राथी हैं......उन्होने मुझसे हाथ जोड़कर कहा.........

कोई बात नहीं भाइयों....गलती तो किसी से भी हो सकती है और मैं आप लोगों से बिलकुल भी नाराज़ नहीं हूं ! बताओ क्या बात है.....यहीं मुझे बताओ

क्या पूछना हैं अम्मा के विषय में, जितना मुझे ज्ञात होगा मैं तुम लोगो को बताने की कोशिश करूँगा ! मैंने भी अपने आप पर काबू रखकर कहा......

साहेब, आपको तो पता है कि हम सब उस आश्रम में काम करते हैं ! वहां काम करने से ही हमारे घर की रोजीरोटी चलती है ! उस आश्रम की मालकिन एक स्त्री है......उन्होंने कहलवाया है कि अगर आपको समय है तो आप अभी चल सकते हैं, हमारे साथ.......

वाह....महाराज, वो तो सब काम अपने हिसाब से करवाने वाले थे......फिर भी उनको आपने क्या जवाब दिया ?

गुरुजी, मैं उनकी सब चालाकी समझ गया था कि वो मुझसे रात में सब बात पूछना चाहते थे ताकि मैं उनके विरोध में कुछ नहीं बोल सकूं और कोई सुचना किसी को भी न दे सकूं !

अभी,अब तो रात होने वाली है.....और आप देख ही रहे हो कि मेरा बेटा अभी छोटा है उसकी देखभाल भी मुझे ही करनी होती है.....मैं अभी आप लोगो के साथ नहीं चल सकता......मैंने उनसे कहा.....

फिर क्या कहा उन्होंने.....?

नहीं साहेब.....आपको अभी चलना होगा हमारे साथ.....हमारी मालकिन आदेश है कि आपको अभी लेकर आना है ! उनमे से एक व्यक्ति ने मुझ पर दवाब बनाते हुए कहा....

इस प्रकार का कथन सुनकर, मैं भी क्षण भर के लिए क्रोधित हो गया...लेकिन मैंने अपने क्रोध पर थोडा नियंत्रण रखते हुए, उनमे से दुसरे व्यक्ति से कहा | इन भाई को समझा दो कि थोड़ा धर्य रखे.......

नहीं नहीं साहेब, इनको कुछ ज्ञात नहीं है | इसकी ओर से हम सब आपके क्षमा चाहते हैं...हम इन्हें समझा देंगे.... वो तो सिर्फ अपनी मालकिन का आदेश का पालन करने कि चेष्टाभर ही करने यत्न कर रहा था ! अगर आपको समय नहीं है तो कोई बात नहीं हम मालकिन को सब कुछ विस्तार से बता देंगे.....जब भी

आपके पास कल का समय हो तो आप आश्रम में आकर मिल सकते हैं.....आपको पता है की बहुत जरुरी है, साहेब !

हाँ कल मैं आपके पास सुबह आ सकता हूँ....कल मेरे कार्यालय में अवकाश है ! लेकिन जब मैं आश्रम पर आऊँ तो आप में से कोई न कोई उपस्थित रहे ताकि मुझे कोई असुविधा न हो ! मैंने उनसे कहा......

ठीक है साहेब ! हम सब आपका कल सुबह इन्तजार करेंगे......और साहेब इनकी बातों को अपने दिल में मत लेना.....इनकी तरफ से हम आपसे फिर क्षमा मांगते हैं.......

कोई बात नहीं......इनको पता नहीं होगा शायद......मैंने अपने क्रोध को नियंत्रण करते हुए उनसे कहा.....

उस समय वो भी वहां से चले गए और मैं भी अपने घर के अंदर आ गया.....अपने काम से निवृत होकर सोने चला गया !

अगले दिन अवकाश था तो उठने में थोड़ी देर हो गई....देखा तो बेटा भी आराम से सो रहा था | मैं शीघ्र से उठा, बेटे को भी उठा दिया...उसको तैयार करके अपने लिए जो भोजन बनाया, बेटे को लेकर उसकी अभीक्षक के पास छोड़कर, मैं सीधा उनके आश्रम चला गया....वहां देखा की वो बहुत बेसब्री से मेरा इन्तजार कर रहे थे !

आईये साहेब.....अभी अभी, मालकिन ने आपके विषय में पूछा है.....

चलो भाई....मुझे उनके पास ले चलो...मैंने उनसे कहा.......

वो लोग मुझे उनके पास लेकर पहुँच गए......गुरुजी.....जब मैं उस कमरे में पहुंचा.....उस कमरे को देखकर मैं दंग रह गया.....बहुत सुंदर तरीके से सजा रखा था | चारो ओर से मन को मोहित करने वाली खुशबु आ रही थी.....कमरे के चारो ओर बहुत बेशकीमती चीजें और चित्र रखे हुए थे ! मैंने देखा की एक बहुत सुंदर, बड़ी-बड़ी आँखों वाली, भारी शरीर की स्त्री, एक बहुत सुसज्जित कुर्सी पर ऐसे बैठी हुए थी जैसे एक राजकुमारी बैठी हुई हो ! एक बड़ी सी मेज उसके सामने रखी

हुए थी | उसके ऊपर तरह-तरह के मन को मोहने वाले फूलों के गुलदस्ते रखे हुए थे ! जिनमे से धीमी-धीमी मोहक गुलाब की खुशबु आ रही थी ! उसके मुख से तेज झलक रहा था ! एक कुटिल मुस्कान के साथ,उसने मुझे,अपने सामने रखी हुई कुर्सी पर बैठने का इशारा किया.....और वो लोग जो मुझे लेकर उसके पास गए थे....उनको इशारे से मेरे लिए कुछ खान-पान लाने के लिए कहा.......मैं भी संकोचवश, उस स्त्री के सामने बैठ गया......और फिर उसने इशारा किया की दरवाजा बंद कर दिया जाये | उसका व्यवहार ऐसा लग रहा था की मानो एक महारानी हो और वो सेवक कोई गुलाम हो !

नमस्कार, हरी जी, कैसे हो ? उसने कहा......

गुरुजी, उसकी आवाज को सुनकर मैं हैरान रह गया ! उसकी आवाज एक मधुर कोकिला जैसी थी.....आवाज तो मन को मंत्रमुग्द कर देने वाली लग रही थी ! मैंने सोचा की उसको मेरा नाम कैसे पता ? लेकिन फिर मुझे लगा की मैंने अपना नाम उसके कर्मचारियों को बताया था ! शायद उन्होंने ने ही उसे बताया होगा |

मैं ठीक हूँ....महोदया.....आपको क्या जानना है, मुझसे ? बताइए मैं आपकी किस प्रकार से सहायता कर सकता हूँ ? मैंने उससे बड़े ही विनम्रता से कहा.......

अभी बताते हैं....हरी जी,पहले आप कुछ ले लीजिये....ये सब आपके लिए ही रखा हुआ है | मुझे पता चला की आप कल भी हमारे यहाँ आये थे और फिर किसी मुलाकात के, आप इन्तजार करके चले गए ! जिसका हमें बहुत खेद है | कहते हुए उसने टेबल पर रखे चाय नाश्ते की और इशारा किया !

गुरुजी, मैंने सामने रखी हुई चाय का प्याला हाथ में पकड़ लिया और फिर उसने भी चाय का प्याला लेकर मुझसे कहा की कुछ खाने के लिए भी लो ! मैंने संकोचवस, एक बिस्कुट का टुकड़ा उठा लिया.....अब बताइए महोदया....क्या जानना है, मुझसे ?

फिर उसने क्या-क्या पूछा...महाराज ? उसने आपके साथ कोई गलत व्यवहार तो नहीं किया ?

नहीं गुरुजी, वैसे तो मुझे पता नहीं की उसका चरित्र कैसा था पर उसने मेरे साथ बहुत सभ्य तरीके का व्यवहार किया.....क्योंकी उसे मुझसे बहुत कुछ जानना था....उन अम्मा के विषय में ! यह भी कारण हो सकता था | जो इतने नम्र स्वभाव से वार्ता कर रही थी या फिर मेरे विषय में,उनके सेवकों ने पहले ही बता दिया होगा |

हरी जी, हम ये जानना चाहते हैं कि जो अम्मा आपसे कई बार मिल चुकी है ! क्या आप उनके विषय में कुछ जानते हैं कि अब वो हमें कहाँ मिलेगी ? उसने मुझसे पूछा.....

नहीं...महोदया...मैं उन्हें नहीं जनता हूँ ! एक रात मुझे तो वो मेरे निवास के समीप, भीख मांगती हुई, दिखाई दी थी | मैं तो उन पर दया करते हुए उनकी सहायता हेतु गया और उनसे मिलना हो गया ! हाँ उसके उपरांत उनसे, मैं कई बार उनसे जरुर मिल चुका हूँ ! मैंने कहा....

कहाँ.....क्या आप हमें उनके पास लेकर जा सकते हैं ? उसने फिर मुझसे सवाल किया.....

मुझे, यह तो पता नहीं की वो अब कहाँ है पर जैसे की मैंने आपसे बताया है कि मैं कई बार उनसे अपने घर के बाहर मिला था ! जब वो आने जाने वालो से भीख मांग रही थी ! बहुत ही दयनीय हालत में थी.....ऐसा लग रहा था कि उनको बहुत दिनों से खाने के लिए बहुत कम खाना मिला हो ! उनके कपड़े भी जगह-जगह से फटे हुए थे ! ऐसा लग रहा था की उनकी देखभाल ठीक प्रकार से नहीं हो पा रही थी !

नहीं ऐसी बात नहीं है, हरी जी.......वो बहुत दिनों से हमारे, इस आश्रम में रह रही हैं ! जो भी यहाँ पर रहता है उन सबका बहुत अच्छी तरह से ध्यान रखा जाता है | किसी को किसी प्रकार का कोई कष्ट नहीं है और न ही होने देते हैं ! वो बहुत दिनों से यहाँ से किसी को बताये बगैर ही कहीं चली गईं हैं.......शायद अब जहाँ रह रही हो वहां पर उनकी देखभाल करने वाला कोई नहीं होगा | इस वहज से ऐसी हालत हो गई हो |

पर वो कैसे यहाँ से चली गई, आपके तो कई कर्मचारी यहाँ पर तैनात हैं.....आपने जानने की कोई कोशिश नहीं की ? मैंने उससे फिर सवाल कर दिया......

हरी जी, जब मुझे पता चला कि वो आश्रम में नहीं है तो मैंने अपने कर्मचारियों को सब जगह भेजा और उनको खोजने कि बहुत कोशिश की, पर हमें कोई सफलता नहीं मिली....उनकी मानसिक स्थिति भी ठीक नहीं है | बहुत दिनों से वो, बार-बार अपने बेटे के विषय में पूछती रही है और फिर आपको भी पता होगा कि आपसे भी हमारे कर्मचारियों ने, इसी विषय में संपर्क किया था |

वो तो ठीक है पर महोदया, मुझे सच में नहीं पता कि अब वो कहाँ पर हैं....पर हाँ वो जब मुझसे मिली तो मुझे भी अपना बेटा ही मान रही थी.....शायद उनकी आँखों की रौशनी भी मध्यम पड़ चुकी है ! एक रात वो मेरे घर पर भी रही थी....लेकिन सुबह-सुबह पता नहीं कहाँ चली गई ! उसके बाद से मुझे उनका कुछ पता नहीं है और उसके उपरांत ना ही मैं उनसे मिला हूँ !

लेकिन हरी जी अगर आज्ञा है तो मैं आपसे एक बात की गुजारिश करना चाहती हूँ ? उसने कहा.......

जी महोदया....कहिये.....उनको ढूँढने के लिए, जो भी मुझसे बनेगा मैं करने के लिए तैयार हूँ ! मैंने उससे कहा......

इसके लिए बहुत-बहुत धन्यवाद....हरी जी.....पर मैं आपसे एक गुजारिश यह करना चाहती हूँ कि इस घटना का जिक्र किसी के सामने मत कीजियेगा !

क्यों ! अगर मैं किसी को नहीं बताऊंगा तो उनको ढूँढने में मुश्किल नहीं होगी ? जितने ज्यादा लोगो तो पता होगा तो उनका पता शीघ्र चल जायेगा ! मैंने उनसे कहा......

वो बात तो ठीक है....हरी जी.....पर इसमें हमारे आश्रम की भी प्रतिष्ठा खराब होगी....हमारा आश्रम का नाम दूर-दूर देश-विदेश में भी विख्यात है इसलिए

मेरी आपसे केवल एक ही गुजारिश है कि किसी को भी इस बात का पता न चले ! उसने कहा......

फिर आपने क्या जवाब दिया....महाराज ?

गुरुजी,मैंने भी उनसे कहा की अगर आपके आश्रम के प्रतिष्ठा का सवाल है तो मैं किसी को इस घटना का जिक्र नहीं करूँगा पर आप कुछ भी करके उनको खोजने का काम करवा दीजिये......बेचारी अम्मा बहुत निर्बल है और आपके अनुसार उनकी मानसिक हालत भी ठीक नहीं है | ये तो और भी चिंता का विषय है !

जी, हरी जी....मैं उनको खोजने का पूरा प्रयास करवाती हूँ बस आप मेरी इस बात का ध्यान रखियेगा | उसने कहा......

हमारे बीच में बस इतनी बात हुई....गुरुजी और मैं अपने घर आ गया | सोचने लगा कि अब तो अम्मा को खोज लिया जायेगा और पूरा ध्यान रखा जायेगा | लेकिन बहुत दिनों से अम्मा को खोजने के पश्च्यात भी उनको किंचित मात्र भी सफलता नहीं मिली | उनके कह अनुसार, काफी दिनों के बाद उन्होंने फिर मुझसे संपर्क किया ! मैंने भी उन्हें बताया की मुझे भी अम्मा की कोई खोज खबर नहीं लगी है ! जैसे ही उनकी स्थिति का पता चलेगा तो मैं आपको अवश्य शीघ्र ही सूचित करूँगा |

क्या पता महाराज, वो उन्हें खोजने की कोशिश ही नहीं कर रहे हो या फिर अम्मा अपने बेटे के साथ उसके घर चली गई हो ?

अगर वो अपने बेटे के पास चली गई होगी तो फिर वो उनको नहीं मिलेगी और उनकी देखभाल भी ठीक तरह से हो जाएगी पर गुरु जी...जैसा वो कह रहे थे, उससे तो ऐसा लग रहा था की वो, उनको खोजने में कोई कसर नहीं छोड़ रहे थे | शायद उन्होंने उनके बेटे को भी खोजने की जरुर कोशिश की हो और फिर इस काल को देखते हुए यह पूरे विश्वास से कह भी नहीं सकते कि वो अपने सम्पूर्ण प्रयास कर रहें हों |

वोही तो, मैं भी कह रहा हूँ......महाराज.....आपने जिस प्रकार से कलयुग में इंसानों द्वारा किये गए उचित-अनुचित कार्यों का वर्णन किया है ! आपके कहा अनुसार ही, मैंने भी यहाँ पर होने वाले अधर्म को ध्यान में रखकर ही इसका आकलन किया है !

जी गुरुजी, आप ठीक ही कह रहें हैं ! यहाँ पर पता नहीं कि कौन, कैसा है ज्ञात करना बहुत ही मुश्किल हो पाता है ! स्वार्थ यहाँ पर तो सर्व्याप्त है और लालच तो चरम पर है !

फिर महाराज.....अम्मा का क्या हुआ ? वो मिली या नहीं या फिर आश्रम वाले ही उनको अपने साथ ले गए हों और आपको पता नहीं चला हो......उन्होंने आपको खबर दी थी कि अम्मा मिल गई है ?

नहीं गुरुजी.......वो कैसे दे पाते....उन्हें तो वो मिली ही नहीं ! मैं समय-समय पर जाकर उनसे पता करता रहा था | बहुत दिनों तक जब अम्मा नहीं मिली तो धीरे-धीरे मैं भी इस घटना को भूल ही गया | काफी समय भी बीत गया था.....मेरा बेटा भी स्कूल जाने लायक हो गया था.....स्कूल के बाद वो अपने आप ही उस स्त्री के पास चला जाता था......जब मैं कार्यालय से आता था तो उसको लेकर ही घर आता था | दिनों दिन बेटा भी बड़ा हो रहा था.....और समझदार भी हो चला था !

फिर..महाराज...अम्मा का पता चला या नहीं ?

गुरुजी......एक दिन मुझे कार्यालय में देर हो गई थी, ठण्ड का मौसम होने की वजह से.....देर से अपने बेटे को, उसके रहने के स्थान से लेकर घर आ रहा था ! मैंने देखा कि सड़क के किनारे पर भीड़ हो रही थी.....मैं बड़ी मुश्किल से भीड़ को चीरते हुए अन्दर गया तो देखकर मेरे होश उड़ गए.....!

क्यों.....महाराज....आपने वहां पर ऐसा क्या देख लिया था ?

गुरुजी.....मैंने देखा की एक बूढी अम्मा सड़क के एक किनारे पर लेटी हुई थी....उस पर सफ़ेद रंग की साड़ी उड़ा दी गई थी......मैंने उस साड़ी को हटाने की

चेष्टा की तो भीड़ में से किसी ने मुझे रोक दिया | तुम क्यों अपनी मुसीबत मोल ले रहे हो ? कुछ हो गया तो पुलिस के चक्कर काटने पड़ेंगे ! हमने पुलिस को खबर कर दी है कुछ देर में आती हो होगी.....आप इनको मत छुओ |

फिर महाराज......आप भी उनका कहना मान गए होंगे....क्यों की पुलिस तो कई प्रकार के प्रश्न पूछती है !

नहीं, गुरुजी, मुझसे रहा नहीं गया और मैंने उनकी एक नहीं सुनी और उन पर ढकी हुई साड़ी को एक तरफ हटा दिया | देखकर मेरे तो होश ही उड़ गए.....गुरुजी.....ये तो वोही अम्मा थी ! जो बहुत समय से नहीं मिल नहीं रही थी और अचानक यहाँ पर कैसे आ गई है और इनका यह हाल कैसा हो गया है......मैंने शीघ्रता से, अपने बेटे को,उसके दिन के समय, रहने के स्थान पर छोड़ दिया और उससे कहा की इसको आज रात यहीं पर आश्रय दे दीजिये...मुझे बहुत जरुरी काम है !

उसको छोड़कर मैं तुरंत ही वहां पर पहुँच गया और देखा तो अम्मा की सांस अभी भी चल रही थी | कुछ लोगो की मदद से उन्हें लेकर वहीँ पास के एक बड़े नामी हॉस्पिटल में ले गया | वहां हमारा स्वागत इस प्रकार हुआ कि जैसे हम कोई बहुत आदरणीय व्यक्ति हों ! मैंने वहां जाकर,उस हस्पताल के स्वागत पटल के एक कर्मचारी से कहा....

भाई साहेब......ये अम्मा, हमें एक सड़क के किनारे, इसी हालत में मिली है....इनकी साँस अभी चल रही है....कृपया करके इनको इस हस्पताल में भर्ती कर लीजिये और शीघ्रता से इनका तुरंत उपचार आरम्भ करवा दीजिये....ताकि इनका जीवन बचाया जा सके !

आपने तो बहुत हिम्मत का काम किया.....क्यों की लोगो के अनुसार पुलिस वाले इस काम में आपसे ही पूछताछ करते.....फिर भी उसने क्या कहा......महाराज.....?

पहले तो उसने मेरी बात बहुत ध्यान से सुनी....फिर थोड़ी देर के बाद बोला.....मैं, अपने किसी बड़े अधिकारी से बात करके अभी आता हूँ.....वो ही बता पायंगे कि क्या करना है ? आप थोड़ी देर यहीं पर मेरा इन्तजार कीजिये ! वो हमें यहीं रोककर अंदर चला गया......

फिर थोड़ी देर के बाद, वो अपने बड़ी अधिकारी को लेकर आ गया.....जो की एक स्त्री थी....ऐसा लग रहा था कि वो इस हस्पताल की कोई बड़ी डॉक्टर होगी.....बहुत ही सुंदर थी और उसने बिलकुल सफ़ेद कपडे पहने हुए थे.....

ये ही महाशय हैं, जिनके विषय में मैंने आपसे अंदर बात की है....महोदया | इस अम्मा को लेकर आयें हैं और इन्होने बताया है की ये इन्हें एक सड़क के किनारे दयनीय हालत में मिली हैं.......

आप कौन हो ?उस बड़ी अधिकारी ने पूछा...

मैंने अपना परिचय उन्हें दे दिया और आग्रह किया की उनकी हालत ठीक नहीं लग रही है, कृपया करके इनका उपचार जल्द से जल्द शुरू करवाया जाये !

गुरुजी,उन्होंने मेरी किसी बात पर ध्यान नहीं दिया और कहा कि हम इनको अभी यहाँ पर भर्ती नहीं कर सकते...क्यों की आप इनके कोई अपने नहीं हो और फिर जब-तक पुलिस नहीं आ जाती तब-तक हम इन्हें हाथ नहीं लगा सकते......

फिर आपने क्या किया महाराज.....?

गुरुजी, मैंने उनसे बहुत विनती की ! यदि इनको अगर शीघ्रता से उपचार नहीं मिला तो अनर्थ हो जायेगा और फिर इस आत्मा का पाप आपको ही लगेगा ! लेकिन गुरुजी, इतनी विनती करने का बाद भी उन्होंने मेरी बात पर कोई गौर नहीं किया और अन्दर चले गए |

बेटा...बेटा.......अम्मा को होश आ गया और उन्होंने मजबूती से मेरे हाथ को जकड़ लिया....वो शायद अपने बेटे को पुकार रही थी | गुरुजी, मेरे आँखों से अश्रु धरा फूट पड़ी...मैंने भी अपने दूसरा हाथ, उनके सिर पर फेरना शुरू कर दिया.....कहाँ रह गया था...बेटा ? क्यों नहीं आया तू मुझसे मिलने ? ये शब्द

सुनकर मुझे उनके बेटे पर बहुत क्रोध आ रहा था क्यों उसने अपनी वृद्ध माता को असहाय छोड़ दिया और पता भी नहीं लिया की मेरी माँ कैसी हालत में होंगी ?

अम्मा, अब आप चिंता मत करो....मैं आ गया हूँ....अब आपको कोई कष्ट नहीं होने दूंगा.....आप शीघ्र ही ठीक हो जाओगी और हम साथ-साथ अपने घर चलेंगें......गुरुजी, मैंने फिर उनको सांत्वना देने के लिए एक बार और झूठ का सहारा लिया......

बहुत देर कर दी बेटा, तूने......तेरा इन्तजार करते-करते मेरी आँखें पत्थरा गई हैं.....तुझे बिलकुल भी याद नहीं आई अपनी माँ की?

इतना कहकर वो फिर बेहोश हो गई...लेकिन उन हस्पताल के कर्मचारियो पर कोई असर दिखाई नहीं दे रहा था ! मैंने उनसे कहा कि मैं यहीं पर हूँ इनका उपचार शुरू तो करो, जब पुलिस आएगी तो मैं उनसे बात कर लूँगा | लेकिन वो माने नहीं और पुलिस के आने के बाद ही वो अम्मा को अंदर लेकर चले गए | सबसे पहले मैंने अपना परिचय उन पुलिस वालो को दे दिया ! उसके बाद पुलिस वालो ने मुझसे बहुत से सवाल किये......जिनका उत्तर मैंने संतोषजनक दे दिया और वो वहां से चले गए !

चलो आपकी कुछ समस्या तो हल हो गई थी.... महाराज !

नहीं गुरुजी, समस्या तो अभी आरंभ होने वाली थी..... यहाँ पर किसी को भी, किसी चिंता नहीं थी | गुरुजी ऐसा लग रहा था की हर कोई यहाँ पर लुट-खसोट में लगा हुआ था ! वहां पर बस पैसे का खेल चल रहा था...मरीजो के अपनों से अनाप-शनाप पैसा वसूला जा रहा था | शरीर की दुर्गति हो रही थी....सो अलग ! यहाँ पर ऐसा लग रहा था जैसे की कोई बड़ी दूकान चल रही हो......हमदर्दी तो यहाँ पर किसी को, किसी के साथ थी ही नहीं ! जन सेवा को इन जैसे लोगो ने व्यापार का रूप दे दिया था ! इंसान जिए या मरे, इनको किसी की चिंता नहीं थी ! सब की मिलीभगत से ही ये लुट-खसोट का व्यापार चल रहा था ! डॉक्टरों को तो लोग भगवान् का रूप मानते हैं....वो लोग इसी का फायदा उठाकर भोले-भाले लोगो को ठग रहे थे |

ये तो बहुत बड़ा पाप कमा रहे हैं.......इनको यह पता नहीं की "जैसा करेंगे वैसा फल भोगना पड़ेगा"! अगर किसी के पास सेवा का मोल देने के लिए नहीं है तो उनसे ना लिया जाये या कम से ही काम चलाया जा सकता है...कुछ तो जनसेवा समझकर कर दिया जा सकता है ! आप ठीक कह रहें हैं महाराज...ये तो घोर कलयुग चल रहा है......पता नहीं अब आगे क्या होने वाला है ?

थोड़ी देर में, गुरुजी, एक अधिकारी मेरे पास आया और एक प्रपत्र पर हस्ताक्षर करवाए और कहा की तुरंत इतनी धनराशी जमा करवा दो ! मैंने पूछा की क्या हुआ है, अम्मा को ? उन्होंने मुझे बस इतना कहा की हालत बहुत अधिक चिंताजनक है....शीघ्रता से उनका उपचार नहीं किया गया तो कुछ भी हो सकता है | इसलिए जैसा हम कहते हैं वैसा-वैसा करते रहो तो अपनी तरफ से कुछ अथक प्रयास किया जा सकेगा !

मैंने, उनसे कहा कि इतनी धनराशी तो अभी मेरे पास नहीं है....कृपया आप इनका उपचार आरम्भ करो तब-तक मैं कहीं न कहीं से इस का प्रबन्ध करने की कोशिश करता हूँ | लेकिन गुरुजी, उसने कहा कि जब तक ये जमा नहीं करवा देते....इनका उपचार आरम्भ करने में हम असमर्थ हैं ! यह सुनकर ऐसा लगा जैसे मेरे अंदर दौड़ रहा खून ठंडा पड़ गया है और मैं स्तब्द, वहीँ पर खड़ा रह गया.....उसने मुझे छुते हुए कहा.....शीघ्रता से प्रबंध करो नहीं तो इन्हें कहीं और ले जाओ !

इस धनराशी का प्रबंध करके, मै अभी आया......, मैंने उससे कहा और मैं यह सोच कर कि उनके आश्रम चला जाये | जहाँ वो रहती थी.....वो ही इनकी देखभाल कर रहे थे तो इनकी भी जिम्मेदारी बनती है कि वो ही इनका उपचार करवाए !

उन्होंने मदद की, क्या आपकी.....महाराज ?

मैंने, सब घटनाक्रम उनको बता दिया लेकिन उन्होंने भी उनकी सहायता करने में अपनी असमर्थता व्यक्त कर दी ! उन्होंने दलील दी कि वो बहुत समय से, इस आश्रम से लापता थी | वो जहाँ भी, जिसके पास भी रह रही होंगी वो ही

उनके उपचार का दायित्व निभा पायेगा | मैंने उन्हें बताया की वो तो हमें एक सड़क के किनारे घायल अवस्था में मिली हैं....वो बहुत दिनों तक तो आपके पास ही रह रही थीं | इस वजह से थोड़ी बहुत मानवीयता आपको भी दिखानी चाहिए और उन गरीब की मदद करनी चाहिए ! मेरे इतनी विन्रम निवेदन करने पर भी,उनका दिल नहीं पिघला और उन्होंने मेरी या यों कहे अम्मा की मदद करने से इनकार कर दिया !

लेकिन गुरु जी, उनके तर्क-वितर्क से ऐसा प्रतीत हो रहा था कि अम्मा उनके ही आश्रम में रह रही थी....जब उनकी तबियत ज्यादा खराब होने लगी तो उन्होंने ही उन्हें सड़क के किनारे डलवा दिया हो ! ताकि उनसे पीछा छुड़ाया जा सके ! इस पर मैं कुछ नहीं कह पाया !

महाराज......आपने इतनी बड़ी धनराशी का कहाँ से प्रबन्ध किया ? ये तो आप भी कह सकते थे कि वो आपकी कुछ नहीं लगती, दयनीय अवस्था में केवल वो एक या दो बार आपसे मिली थी.....लेकिन हम जानते हैं कि जैसे आपको उस युग में किसी का दुःख नहीं देखा जाता था | उसी प्रकार से यहाँ पर किसी को दुखी नहीं देखना चाहते होंगे !

गुरुजी, मैंने सोचा कि जिस जन-प्रतिनिधि के पास मैं काम करता था उसके पास चला जाये,शायद कोई मदद हो जाये वहां से.....वहां से भी मुझे निराशा ही हाथ लगी !

वहां से कैसे मदद मिलती....महाराज ! इस प्रकार के लोग तो सरकार की कृपा में ऐशो आराम का आनंद लेने के लिए ही जनता को मुर्ख बना कर जीतते हैं ! अपना और अपनों की सेवा करना ही उनका परम धर्म होता है | किसी आम इंसान की मदद करना तो दूर उनको तुच्छ नज़रों से देखते हैं | महाराज......फिर आपने क्या किया ?

अंत मैं फिर अपने घर आ गया और मैंने जो अपने भविष्य के लिए कुछ धनराशी जोड़ रखी थी | उसको लेकर फिर हस्पताल में आ गया | उसमे से कुछ धनराशी मैंने उस अम्मा के उपचार ले लिए जमा करवा दी......और अम्मा के शीघ्र

ठीक होने के लिए परमेश्वर से प्रार्थना की | गुरुजी......अम्मा ने एक बार मुझे अपने बेटे के सामान मानकर.....बहुत ही आत्मीयता से मुझे पुकारा था | इसी वजह से मैं भी उनको अपनी माँ मानकर उनकी सेवा कर रहा था | फिर गुरुजी, मुझे अपने माँ-पिता जी की सेवा का मौका नहीं मिला | सोचा की क्यों न उनकी, अपनी माँ की भांति सेवा की जाये और मैंने अपने समर्थ के अनुसार तन-मन-धन से उनकी सेवा करने का प्रयास किया |

आप धन्य हो....महाराज ! आप जैसा इंसान तो इस सृष्टि में मिलना मुश्किल है !

लेकिन मैंने पहली बार ये देखा था कि ये बड़े हस्पताल, तो समाज सेवा की बजाय, लोगो को लूटकर अपने स्वार्थ की पूर्ति कर रहे हैं...सम्पूर्ण व्यापार कर रहें हैं | अनाप-शनाप धन राशी वसूल रहें है....गुरुजी, जो मुसीबत में होता है वो अपने परिजनों की सलामती के लिए कुछ भी करने को तत्पर भी रहता है | इनको किसी की कोई चिंता नहीं होती है बस, वसूली में सारा ध्यान रहता है......इनके लिए तो मजबूर लोग धन उगलने वाली मशीन है.....किसी न किसी तरह दुखिओं को अनेक प्रकार का डर दिखाकर धनराशी एकत्र करने की इनकी मंशा रहती है.....किसी के दुःख से कोई लेना देना नहीं होता है ! रोगी और उनके साथ आये हुए उनके सम्बंधियो को तो यह भी ज्ञात नहीं हो पाता है कि किस प्रकार का इलाज किया जा रहा है और क्या-क्या औषधियों का प्रयोग किया जा रहा है !

क्यों महाराज...... क्या उनको किसी प्रकार की सुचना नहीं दी जाती है और किस प्रकार से इलाज किया जा रहा है यह भी नहीं बताया जाता ?

नहीं गुरु जी, बड़ी ही चतुराई से रोगीओं के कष्टों का बहाना बनाकर, उन सम्बंधियो को रोगी के पास जाने की आज्ञा नहीं देते हैं और जब रोगी को छुट्टी देने का वक़्त आता है या फिर इलाज करवाते-करवाते वो स्वर्ग सिधार जाता है तो उनको भारी-भरकम विपत्र थमा दिया जाता है ! उसको चुकाने अलावा उन्हें पास कोई चारा नहीं होता है और ना ही इतनी हिम्मत होती है की वो इस विषय में कोई छानबीन कर सकें | आखिर में थक हार कर जमीन और सगे सम्बन्धियों के गहने

को गिरवी रखकर, इलाज का खर्च अदा कर दिया जाता है ! अगर कोई उसको देने में आना-कानी करने कि चेष्टा करता है तो इसके लिए भी उन्होंने पुरे इंतजाम कर रखे होते हैं !

ये तो मानवता के साथ घोर अपराध की श्रेणी में आता है ! क्या किसी का भी, इन पिशाचो पर कोई नियंत्रण नहीं होता है ? इनके ऊपर कोई नियम लागू नहीं होता है......आप तो, महाराज, ऐसे समाज में गलत पाश में बंध गए हो.......

आप ठीक ही कह रहे हैं.....गुरुजी...मेरा किसी जन्म का कोई कर्म होगा, जिसके कारण मुझे यहाँ पर आने की इच्छा जागृत हुई और मुझे इस कलयुग में अवतरित होना पड़ा |

जहाँ तक उन पर नियंत्रण की बात है.....प्रशासन ने कुछ नियम बनाये हुए हैं ! जिसके आधार पर, ये आम लोगो को चकित्सा सुविधा उपलब्द करवाएंगे लेकिन कुछ वहीँ के सूत्रों के अनुसार शासन, प्रशासन सब लोग उनसे मिले हुए हैं....शायद उन्हें ही वहां से कुछ न कुछ कीमती, भेंट रुपी धनराशी मिल जाती है.....बगैर किसी निजी लाभ के इस लोक के लोग कोई काम नहीं करते, बल्कि काम करने में आनाकानी करते रहते हैं |

मुझे तो यहाँ रहने के उपरांत ही यह सब ज्ञात हुआ है....इस लोक में किसी को भी अपने पाप पुण्य का ध्यान नहीं है ! सब अपने में मस्त हैं.....लेकिन कुछ लोग हैं तो इस लोक में भी पुण्य के काम करने में लगे हुए हैं | कोई-कोई तो समय-समय पर व्रत-त्यौहार पर भंडारा लगते हैं और भूखों को भोजन खिलाते रहते हैं कोई प्यासे को पानी पिलाता रहता है ! सब अपने-अपने सामर्थ से पुण्य कमाने में लगे हुए हैं....पर उनकी संख्या बहुत कम है |

पर अम्मा क्या हुआ.....वो ठीक हो गई थी?

गुरुजी, जो भी मेरे पास धनराशी थी, वो सब समाप्त हो गई.....और कुछ धनराशी मैंने किसी सेठ से उधार लेकर अम्मा के उपचार में लगा दी पर कोई लाभ नहीं मिला.....कुछ दिनों तक भर्ती रहने पर वो लोग उन्हें बचा नहीं पाए.......मैंने ही

उनका अंतिम संस्कार किया.....मुझे यह तो संतुष्टि मिली की मुझे अपने माँ-पिता जी का संस्कार का मौका तो नहीं मिला लेकिन मैंने उन्हें अपना समझकर उनका अंतिम संस्कार करने का सौभाग्य प्राप्त किया | गुरुजी....मुझे हमेशा यह मलाल रहेगा की मैं उन लाचार और बेसहारा अम्मा की जान नहीं बचा पाया !

आप निराश न हो महाराज....जितना आपका सामर्थ था आपने सच्चे मन से किया और फिर अम्मा के कर्म भी रहे होंगे ! जो उनको इस प्रकार का फल भोगना पड़ा ! आप महान हैं....महाराज.....आपकी ख्याति यूँ ही नहीं इस युग में भी उतनी ही है......लोग अब भी आपकी मिसाल देते हैं.....सत्यवादी हरिश्चंद....आपने अपनी पूरी कोशिश की....इसमें आपकी कोई गलती नहीं थी |

आप ठीक ही कह रहे हैं... गुरुजी कि मैं यहाँ रहने के लायक ही नहीं हूँ ! एक दिन गुरुजी मैं सो रहा था और मेरा बेटा भी अंदर वाले कमरे में सो रहा था.....करीब आधी रात को मुझे अपने दरवाजे पर कुछ हलचल सी महसूस हुई ! इस हलचल की वजह से मेरी आँख खुल गई ! पहले तो मैं चुपचाप लेटा रहा.....सर्दी की रात थी | मैंने सोचा की कोई जानवर होगा जो अपने आपको दिवार से लगाकर सर्दी से बचने की कोशिश कर रहा होगा.....यह सोचकर मैं सो गया.....लेकिन गुरूजी बाहर से फिर दरवाजे पर किसी ने फिर दस्तक दी.....मेरी आँख फिर खुल गयी.....

कौन हैं......कौन है भाई ? मैंने पूछा.....

मैं हूँ....साहेब....जरा शीघ्रता से दरवाजा खोलिए.....बहुत दर्द हो रहा है.....आपकी बहुत महरबानी होगी......बाहर से किसी करहाते हुए व्यक्ति की आवाज आई.....

पहले मैंने सोचा की कोई कपटी आदमी तो नहीं होगा.....इस तरह से दरवाजा खुलवाने की चेष्टा कर रहा होगा.....फिर कोई वारदात करने की कोशिश करे......मैं भी थोड़ी देर तक चुप रहा......

कुछ देर के बाद.....फिर उसने कहा.....साहेब दरवाजा खोल दीजिये आपकी बहुत महरबानी होगी......मेरा बहुत खून बह चूका है......

फिर क्या आपने द्वार खोल दिए....? महाराज.....

जी गुरु जी,जब उसने यह कहा कि मेरा बहुत खून बह चूका है तो मुझसे रहा नहीं गया.....सोचा की किसी मुसीबत में मानव ही मानव के काम आ सकता है ! मैंने दरवाजा खोल दिया | मेरे दरवाजा खोलते ही वो व्यक्ति शीघ्रता से अंदर आ गया और दरवाजा बंद कर दिया |

अरे.....तुम तो वोही हो वो आश्रम में काम करते हो.....गुरुजी, मैंने उसे तुरंत ही पहचान लिया |

तुम्हारी हालत ऐसी कैसे हो गई है ? मैंने उससे फिर पूछा....

मैं अभी घाव पर लगाने की दवा लाता हूँ....जब तक तुम यहीं बैठो....लेकिन शोर मत करना, अन्दर मेरा बेटा सो रहा है | यह कहकर, मैं अन्दर वाले कक्ष में दवा लेने के लिए चला गया !

वहां से मैं एक दवा ले आया.....जो की कटे-फटे या छोटी मोटी चोट पर ठीक से काम करती थी |

भाई ये लगा लो...तुम्हे थोडा आराम मिलेगा....इसके बाद तुम किसी भी हस्पताल में जाकर अपना उपचार करवा लेना.....इतना कहकर मैंने उसे दवाई दे दी |

साहेब,अगर आप बुरा न मानो तो एक बात कहूँ......! उसने दयाभाव से मेरी ओर देखकर बोला......

हाँ हाँ बोलो...भाई.....! कोई खास बात है क्या ? मैंने उससे पूछा....

साहेब, क्या अपने घर की रौशनी कुछ देर के लिए बुझा सकते हैं ? कई लोग मेरे पीछे पड़े हैं अगर उन्हें पता चल गया कि मैं यहाँ पर हूँ तो मेरे साथ-साथ,वो आपको भी कुछ नुकसान पंहुचा सकते हैं |

उसकी बात सुनकर मैंने तुरंत रौशनी बुझा दी.......और हम दोनों कुछ देर के लिए बिलकुल शांतचित होकर प्रतीक्षा करने लगे | बाहर से कुछ लोगो की आवाजें आ रही थी....वो किसी को खोजने के विषय में बात कर रहे थे |

कुछ देर प्रतीक्षा के उपरांत, उसने कहा कि अब रौशनी कर सकते हो साहेब,अब तो शायद वो चले गए होंगे......

अब बताओ क्या बात है ? ये लोग कौन हैं और तुम्हारे पीछे क्यों पड़े हुए हैं ?

साहेब.....ये वो लोग है....जो उस बड़े हस्पताल और उस आश्रम में सुरक्षा देने का काम करते हैं | इसके अवज में उन्हें, वो लोग बहुत बड़ी धनराशी अदा करते हैं ! इस प्रकार के लोग पैसे के लिए कुछ भी करने को तैयार हो जाते हैं.....उनका बस यही काम होता है कि अगर कोई उनके यहाँ पर कुछ अपने हक के लिए आवाज उठाए या फिर उनको किसी अनुचित कार्य करने से रोके तो वो लोग, इनको सुचना दे देते हैं और फिर ये लोग ही उनसे निपटने का काम करते हैं | उस व्यक्ति को डरा धमकाकर चुप करा देते हैं....अगर वो नहीं मानता तो उसके साथ दुर्व्यवहार भी करने से नहीं हिचकते हैं !

लेकिन तुम को आश्रम में काम करते हो...इनकी तुमसे क्या दुश्मनी हो सकती है......वहां पर तुम तो एक मामूली सी नौकरी करते हो | मैंने उससे कहा......

जी साहेब,मैं वहां पर नौकरी करता था....लेकिन एक दिन रात को किसी काम से आश्रम के अन्दर गया था तो मैंने, वहां की मालकिन और वहां पर काम करने वाले लोगो के बीच हो रही आपतिजनक बातचीत सुन ली थी ! उस दिन तो उन्होंने मुझे बुलाकर कहा ही जो बात तुमने सुनी है,इस बात तो किसी को पता नहीं चलना चाहिए | साहेब इस बात के अवज में उन्होंने मुझे कुछ रकम भी दी थी | लेकिन कुछ दिनों के बाद मैं मालकिन की एक ओची हरकत पकड़ ली थी....मैंने पुर जोर तरीके उस बात का विरोध किया तो उन्होंने मुझे लालच देने की दुबारा

कोशिश की पर उस समय मेरा मन नहीं डोला और मैंने उनकी यह हरकत को सरेआम उजागर करने की धमकी दी |

पर तुमने तो उस समय उनकी दी हुई रकम को स्वीकार कर लिया था, उसके बाद तुमने वो राशी लेने से इन्कार क्यों कर दिया ? मैंने उससे पूछा.....

फिर उसने क्या उत्तर दिया....महाराज......क्या पता वो झूठ बोल रहा हो ?

हो सकता था....पर गुरुजी, जो उसने बात बताई....वो घटना तो हो चुकी थी !

आपको कैसे पता महाराज......आप तो सिर्फ एक या दो बार ही उस आश्रम में गए थे | एक बार तो आम्मा के विषय में बात करने और दूसरी बार उनसे सहायता मांगने ?

आप ठीक कह रहे हैं गुरुजी....पर जो बात उस व्यक्ति ने बताई, वो तो उसी घटना से सम्बंधित लग रही थी.....इस वजह से मैं कह रहा हूँ कि मैं उस बात से अनभिज्ञ नहीं हूँ | गुरुजी जब मैंने उससे पूछा की वो रकम उस समय क्यों स्वीकार की थी ?

साहेब इस समय उन्होंने मुझसे कहा था कि वो रकम तुमको तुम्हारे अच्छे काम को देखते हुए दी जा रही है और इसे ईनाम समझकर स्वीकार कर लो | इस समय मैं भी हैरान रह गया था कि मालकिन, इतनी महरबानी मुझ पर क्यों कर रही है | उसने कहा.....

लेकिन जब उन्होंने बाद में इस प्रकार की राशी देने की कोशिश की तो मैंने लेने से इनकार कर दिया.....इस वजह से उन्होंने सोचा होगा की मैं इस घटना को कभी ना कभी किसी के सामने उजागर कर सकता हूँ तो उन्होंने मुझे,अपने आश्रम से निकाल दिया और कहा की अब हमें, तुम्हारी आवशयकता नहीं है | मैंने वहां से नौकरी छोड़कर उस बड़े हस्पताल में काम करने लगा था |

उस हस्पताल में भी तुम चौकीदार की ही नौकरी कर रहे थे,क्या ? मैंने उससे पूछा....

नहीं साहेब,वहां मुझे बहुत कठिन काम दिया था.....मैं मरीजो के सब प्रकार के काम करता था.....उनके कपडे बदलने से लेकर सब काम करना पड़ता था | साहेब, उस आश्रम की मालकिन ने मुझे पिछला महन्ताना देने से भी मना कर दिया...मैं एक, दो बार उनसे मांगने भी गया पर उन्होंने मुझे उन लोगो का डर दिखाकर भगा दिया |

तो तुमने, आगे किसी से शिकायत नहीं की ? मैंने फिर पूछा....

नहीं साहेब, मेरे छोटे-छोटे बच्चे हैं और मैंने भी उनकी तरफ ध्यान करके ही उनसे भिड़ने की कोशिश नहीं की....और फिर उनका कोई पता नहीं, साहेब, उनका का तो कोई कुछ नहीं बिगाड़ सकता |

लेकिन अब वो लोग तुम्हारे पीछे क्यों पड़े हुए हैं......तुम्हे इतनी चोट पंहुचा गए हैं ? मैंने पूछा.....

राक्षस हैं वो लोग साहेब,राक्षस.....सब बहुत दुष्ट लोग हैं ! वो दुनिया के सामने कुछ और हैं और अंदर से कुछ !

कैसे ? मैंने पूछा.....

ये बात तो आप भी कह रहे थे......महाराज कि यहाँ पर लोग चहरे पर चहरे लगाकर घूमते हैं ! ऊपर से लोग दिखते कुछ और हैं ! अंदर से कुछ और होते हैं ! उनके अन्दर क्या चल रहा होता है, जानना बहुत ही कठिन काम होता है ? आपकी ही बात वो कर रहा था | फिर उसने क्या बात बताई ?

गुरुजी,जो बात उनसे बताई....उसको सुनकर पहले तो मुझे उस पर विश्वास नहीं हुआ लेकिन उसने अपने बच्चो की कसम लेकर वो सारी बात मुझे बताई......मैंने यह कभी नहीं सोचा था कि लोग अपने स्वार्थ और थोड़े से लालच के लिए यहाँ तक गिर सकते हैं !

गुरुजी,मेरे कहने पर उसने यह बात, इस शर्त पर बताई कि मैं किसी को यह बात नहीं बताऊंगा कि मैंने यह बताई है...क्यों की वो फिर मेरे पीछे पड़ जायंगे ! अब तो मैं बच गया लेकिन अगर उन्हें यह पता लग गया कि मैंने आपको को यह

बात बताई है तो मेरा बचना मुश्किल हो जायेगा ! अब तो मैं, सुबह होते ही अपने बच्चो समेत यहाँ से किसी दुसरे शहर में चला जाऊंगा ! वहीं पर आगे का जीवन बिता दूंगा और अब मैंने मन में ठान लिया है कि जो संसार में जैसा भी हो रहा है, उसे होने दूंगा ! सिर्फ अपने काम से काम रखूँगा | मैं कुछ नहीं बोलूँगा, सिर्फ देखने का काम करता रहूँगा ! इसी में भलाई है, इस कलयुग में, साहेब !

गुरूजी, मैंने उससे कहा की अगर कोई मजबूर इंसान तुमसे सहायता मांगने आये और कहीं अन्याय देखो तो उसकी सहायता अवश्य करनी चाहिए | अन्याय होते देखना भी एक अपराध की श्रेणी में आता है | जहाँ तक हो सके इंसान की मदद करनी चाहिए !

लेकिन साहेब, इनके विषय में नहीं जानते बहुत ही क्रूर लोग होते हैं, इस प्रकार के लोग ! पैसे के लिए तो कुछ भी करने को तैयार हो जाते हैं | चाहे किसी की हत्या ही क्यों न करनी पड़े ! इसलिए इन जैसे लोगो से जितना दूर हो सके रहने में ही भलाई होती है, हमारे जैसे सीधे साधे लोगो के लिए !

वो कुछ-कुछ ठीक ही कह रहा था.....उसने क्या बताया महाराज या फिर वो आपको थोडा बातों में उलझाकर, सुबह होने की इन्तजार कर रहा था ?

नहीं गुरुजी, उस घटना के बाद से,वो थोडा कष्ट में तो था! उसने मुझे सारी घटना बहुत विस्तार से बताई !

उसने कहा....जो अम्मा को आप मिली थी ! जिसकी आपने तन, मन, धन से बहुत सहायता ही थी ! वो कभी बहुत धनाड्य व्यक्ति की पत्नी थी | उनका एक बड़ा महलनुमा मकान था | एक अच्छे इलाके में, जहाँ पर बहुत से धन्ना सेठ लोग रहते थे ! उनका एक बेटा,वो भी बहुत मन्नत के बाद उन्हें प्राप्त हुआ था | लेकिन इतनी संपन्न होने की वजह से बहुत घमंडी हो गई थी |

फिर उसकी हालत इस प्रकार की कैसे हो गई थी ? इतनी संपन्न होने के बाबजूद.....

साहेब....जब हमारे कर्म ठीक न हो तो वक़्त बदलते देर नहीं लगती ! चाहे कितने भी सम्पन्न हो, इससे कोई फर्क नहीं पड़ता है ! जो कर्म हमने किये होते हैं, वैसा ही फल हमें भोगना पड़ता हैं ! बहुत बड़ा घर होने की वजह से बहुत से नौकर चाकर वहां काम करते थे......समय बहुत सही तरीके से चल रहा था.....सेठ जी तो बहुत नर्म स्वभाव के थे.....वो दान पुण्य करते रहते थे.....उनके व्यापारिक प्रतिष्ठान में काम करने वाले और घर में काम करने वाले उनसे बहुत खुश रहते थे | लेकिन अम्मा का स्वभाव थोड़ा क्रूर था | वो किसी को भी कुछ नहीं समझती थी | बात-बात पर भला बुरा कहती रहती थी ! सब नौकर चाकर उनसे बहुत डरते थे | उनका बेटा अपने पिता पर गया था......वो भी सेठ जी के जैसा स्वभाव वाला ही था | बहुत ही सरल और मेहनती | कोई काम बहुत ही मन लगाकर करता था | इकलौती संतान होने की वजह से दोनों सेठ और सेठानी जी उसको बहुत लाड प्यार करते थे | उसको किसी बात की तकलीफ नहीं होने देते थेऔर वो एक आदर्श पुत्र था | माता पिता का भरपूर सम्मान करता था ! उनकी किसी प्रकार से अवहेलना नहीं करता था ! सेठ और सेठानी भी उसको पाकर अपने आपको धन्य मान रहे थे ! समाज में गर्व महसूस करते थे ! वो भी अपने पिता के व्यापार में ही हाथ बटा रहा था | दोनों के साथ काम करने से उनका व्यापार "दिन दोगनी रात चौगनी" से वृद्धि कर रहा था | उनके जीवन में सब कुछ ठीक चल रहा था | एक दिन, उनके कोई जानकार, लड़के के लिए रिश्ता लेकर आये.....लड़की वाले भी बहुत संपन्न थे ! अम्मा भी उनके विषय में जानकार बहुत उत्साहित हो गई और उन्होंने अपने इकलौते पुत्र का विवाह उनकी लड़की के साथ कर दिया | कुछ दिनों तो सब ठीक चला....बहु भी बहुत उदार दिल की थी, वो भी अपने पति के सामान सबका सम्मान करती थी....चाहे वो कोई छोटा हो या बड़ा | लेकिन साहेब....अम्मा को उसके इस उदार स्वभाव से बड़ी ईर्षा होने लगी ! वो बहु को बात-बात पर टोकने लगी | कुछ दिनों के बाद अचानक ही सेठ जी का देहांत हो गया ! उनके मृत्यु का जुम्मेदार भी उन्होंने बहु को ही ठहरा दिया ! कहा की इसके पैर ही खराब है, इसी वजह से इनकी मृत्यु हुई है |

गुरुजी, मैंने उससे पूछा की घर के किसी ने भी इस बात का विरोध नहीं किया है........?

तो उसने क्या जवाब दिया.....महाराज ? हमारे युग में तो बहु-बेटी को लक्ष्मी का रूप मानते थे | लोग बहु-बेटी में कोई भेदभाव नहीं करते थे | यहाँ के लोगो की मानसिकता कैसी है कि वो किसी की मृत्यु का जुम्मेदार, किसी को ठहरा देते हैं !

गुरुजी, ये ही तो कलयुग है | उसने बताया कि अम्मा को उनके रिश्तेदारों ने बहुत समझाया कि इस तरह की कोई बात नहीं होती है ! सब अपना भाग्य लेकर इस सृष्टि पर जन्म लेते हैं और फिर सभी को एक न एक दिन जाना ही होता है | उनके बेटे ने भी उनको बहुत समझने का प्रयास किया लेकिन वो नहीं मानी | इससे यह हुआ की बहु के मन में अपनी सास के प्रति द्वेष भावना उत्पन्न हो गई | उनकी आपस में बोलचाल भी बंद हो गई |

धीरे-धीरे दिन बीतते गए....अम्मा भी अपने वृद्ध दिनों की ओर बढ़ने लगी | उनको, जीवन के इस पड़ाव में चारो ओर से बिमारियों ने घेर लिया.....फिर एक दिन ऐसा आया की बहु ने ही उनके बेटे पर किसी न किसी प्रकार से दबाव बनाकर उन्हें इस वृद्धा आश्रम में रखवा दिया..... अम्मा का अंत समय बहुत कष्टों से भरा हुआ था....उन्होंने अपना जीवन एक रानी की तरह बिताया था लेकिन अंतिम समय आते-आते उनको बहुत सी मुसीबतों का सामना करना पड़ा.....इसी लिए साहेब, छोटा मुहँ बड़ी बात कहना चाहता हूँ....

हाँ हाँ बोलो......मैंने उससे कहा.....

जो लोग समय को अपने कदमो में रखते हैं | उन को एक न एक दिन समय की मार झेलनी पड़ती है ! उन्हें एक न एक दिन वो सभी किये हुए दुष्कर्म याद आ जाते हैं पर उस समय तक वो पछताने के आलावा कुछ नहीं कर सकते....इसलिए साहेब....हम सबको भगवान् जी को याद रखना चाहिए और अपने इन्द्रियों को अपने वश में रखकर ही आचरण करना चाहिए | समय को अपने साथ लेकर चलना चाहिए | मैंने ठीक कहा हैं न साहेब,अगर कोई मुझसे भूल हो गई हो तो

आपसे क्षमा चाहता हूँ ! गुरुजी इसको बहुत दर्द हो रहा था ! उसने कराहते हुए मुझसे कहा......

उसने बिलकुल सही कहा....महाराज.....समय का खेल तो आप भी देख चुके हैं....चाहे वो परीक्षा ही क्यों नहीं थी.....समय ने ही हमें, आपसे परीक्षा लेने के लिए प्रेरित किया था.....

गुरुजी, आप बिलकुल ठीक कह रहें हैं....मैंने जब भी देखा था और अब इस कलयुग में "समय का खेल" देख रहा हूँ ! मेरे अलावा समय के खेल को कौन जान सकता है ! ये समय ही है जो एक सपेरे की तरह समस्त संसार को सांप तरह नाचता है !

क्या फिर उनका बेटा उनको मिलने भी नहीं आता था, आश्रम में ? मैंने उससे पूछा.....

नहीं साहेब.....वो अपनी बहु से चोरी छुपे मिलने आता था | शुरू-शुरू में तो लगभग रोज ही आता रहता था...पर कुछ दिनों के बाद तो कभी-कभी मिलने आने लगा....लेकिन अंत समय में तो उनसे मिलने कोई नहीं आया.....इसी वजह से तो उन्हें बहुत परेशानी उठानी पड़ी | मुझे भी नहीं पता कि बेटा क्यों नहीं आया ?

लेकिन मुझे एक बात समझ नहीं आई....जब वो आश्रम में रह रही थी तो आश्रम के संचालको ने उनका ध्यान क्यों नहीं रखा ? मैंने उससे पूछा......

उसमे भी एक राज है...साहेब, वो कहने को तो एक वृद्धा आश्रम है लेकिन वो एक तरह से व्यापार का एक केंद्र ही है !

व्यापार का केंद्र ! क्या कह रहे हो....तुम ? वो तो ऐसा दिखावा करते हैं कि उनका एकमात्र उदेश्य तो जन और समाज सेवा है ! जो भी हम कर रहे हैं वो केवल और केवल वृद्ध और अनाथ लोगो की भलाई के लिए ही कर रहे हैं ! बेसहारा वृद्धों को हम सहारा और आश्रय देते हैं | बिना किसी भेद भाव के उनकी देखभाल करते हैं !

सब झूठा दिखावा है साहेब....समाज सेवा का दिखावा करके उसकी आड़ में, अधिक से अधिक धन पाने के लिए वो तरह-तरह के अनुचित कार्य में लिप्त रहते हैं | उनका केवल एक उदेश्य रहता है की जहाँ से भी धन एकत्र हो, जमा कर लिया जाये ! कुछ दिनों तक तो जब उनका बेटा,उनको रखने की बदले में कुछ राशी देता था तब-तक ही उनका ध्यान रखते रहे लेकिन जब उनके बेटे ने उनको राशी देने से मना कर दिया तो उन्होंने भी उनका ध्यान रखना कम कर दिया ! कभी-कभी तो वो लोग उनको खाना भी ठीक से नहीं देते थे | अम्मा, कभी-कभी तो मुझसे कह देती थी | साहेब, मैं भी उनके लिए कहीं न कहीं खाने का इंतजाम चुपके से कर देता था |

लेकिन भाई.....उन्होंने तो धर्मार्थ के हिसाब से काम करने का लिखा हुआ है !

आप ठीक कह रहें है लेकिन धार्मार्थ का काम तो बिना लालच के ही समाज की सेवा करनी चाहिए.....लेकिन साहेब कहने को तो आश्रम,एक गैर सरकारी संगठन संस्था के अंतर्गत आता है ! इस प्रकार के संगठन को सरकार से भी कुछ धनराशी की सहायता हेतु दी जाती है | इस संगठन की मालकिन के सम्बन्ध बहुत बड़े-बड़े लोगो से थे और वो कई बार विदेश यात्रा पर होकर आ चुकी थी | इस वजह से उनके पास विदेशो से भी बहुत प्रकार का सामान और धनराशी आती रहती है |

भाई, तुम्हे कैसे पता है ये सब......जो सामान दान या विदेश से आता है ये लोग उसका क्या करते हैं ? मैंने पूछा.....

साहेब, सब इस प्रकार के संगठन की आड़ में ये लोग समाज को गुमराह करके भोले-भाले जन मानस को लूटने का काम करते हैं....उसमे से बहुत बड़ा हिस्सा मालकिन का होता है | कुछ उनके चहेते कर्मचारियों में बांटा जाता है | उनमे से बहुत कम हिस्सा वो अपने आश्रम में लगाते थे....जो भी वृद्ध लोग यहाँ रहते थे...उनके, अपने ही उनका रहन सहन का खर्च देते हैं ! जो कोई खर्चा नहीं देता है तो वो इसी प्रकार आश्रम के बाहर का रास्ता दिखा दिया जाता है | उनके मन में

किसी के प्रति कोई दया भाव नहीं है....सिर्फ अपने स्वार्थ के विषय में सोचना ही उनका परम धेय है ! उसने बताया......

ये तो इंसानियत के साथ ही छलकपट है.....महाराज.....सब माया में अंधे होकर अपने पापो को बढ़ाते रहते हैंऔर जब पाप का घड़ा भर जाता है फिर उनके अपने कर्मों का हिसाब का समय आता है तो चाहतें हैं की भगवान् हमारी सहायता करें ! लेकिन महाराज सबको अपने कर्मो का फल तो यहीं पर भोगना पड़ता है !

आप ठीक कह रहें गुरुजी.....उसने फिर बताया की आश्रम की मालकिन के पास बहुत बड़े लोग और क्षेत्र के बड़े जन प्रतिनिधि आते-जाते रहते थे !

उनका क्या काम था.....महाराज, इस आश्रम में....वो शायद उस आश्रम में दान देने के लिए आते रहते होंगे ?

जी गुरुजी, शायद ऐसा होता......उस चौकीदार ने बताया की, वो अपनी अनुचित तरीके से कमाई गई, काली कमाई को सफ़ेद करने आते रहते थे !

ये काली कमाई और सफ़ेद कमाई क्या होती है...महाराज ? ये तो हमने सुना था कि माया का कोई रंग नहीं होता है....पर आपने तो आज उसके दो रंग बताएं हैं.......

गुरुजी, काली कमाई वो होती है जो अनाप-शनाप तरीके के कमाई जाती है उसका लेखा-जोखा सरकार को नहीं बताया जाता और श्वेत कमाई इसके बिलकुल विपरीत होती है | सरकार ने अपने सविधान में एक प्रावधान किया हुआ है इन जैसे संगठन को कोई भी उनको किसी प्रकार का दान दे सकता है, उसका नाम वहां पर गुप्त रखा जाता है | उनको दिए हुए दान की पावति सरकार के पास जमा करवानी होती है | साल में एक बार हर किसी नागरिक की आय का आकलन किया जाता है.... अगर तय सीमा से ज्यादा किसी की आय होती है तो उसको आयकर चुकाना होता है.....अगर किसी ने किसी ऐसी संस्था को दान दिया हो जो की सरकार द्वारा पंजीकृत हो तो फिर वो उस दान की पावति दिखाकर आयकर में कुछ छुट पा सकता है |

यहाँ पर तो तरह-तरह के नियम बने हुए हैं......इसको समझने में तो बहुत समय लग जायेगा......महाराज !

जी गुरुजी !

उसने, उस अम्मा के विषय में और क्या बताया..... महाराज ?

मैंने पूछा तो उसने बड़े दुखी मन से बताया की जब उस अम्मा के बेटे ने आना बंद कर दिया और रख रखाव का खर्चा भी देना बंद कर दिया तो उन्होंने,अम्मा को कभी-कभी खाना देना भी बंद कर दिया | एक दिन अम्मा वहां से चली गई और भीख मांगकर, अपने लिए भोजन का प्रबंध करने लगी |

हाँ, वो एक दिन मुझे भी मिली थी,यहीं पास में भीख मानती हुई !

जी, आप एक दिन आश्रम में आये थे उनके विषय में बताने के लिए.....कुछ दिनों के बाद उन्होंने अम्मा को तलाश लिया और आश्रम में ले आये...उनको डर था कि कोई उनके आश्रम के ऊपर ऊँगली न उठाये ! उनको अपनी प्रतिष्ठा की चिंता थी.....इसलिए वो, अम्मा को यह बताकर ले आये कि उनकी मानसिक स्थिति ठीक नहीं है ! एक दिन साहेब, अम्मा की हालत बहुत खराब हो गई तो मुझे कहा गया की इनको कहीं दूर ले जाकर छोड़ आओ......लेकिन मुझे उन पर बहुत दया आई....मैंने उनका विरोध किया उनसे कहा की इस हालत में वो बेचारी कहाँ जाएगी और कौन उनका ध्यान रखेगा ? जब तो उन्होंने इनको मेरे विरोध की डर से वहीँ रख लिया था ! एक दिन साहेब मेरी तबियत ठीक नहीं थी और मैं अपने काम पर नहीं आया था तो उन्होंने उसी रात को उनको उठाकर सड़क के किनारे डाल दिया.....मेरे अलावा उनका विरोध कोई नहीं कर सकता था !

जब मैं आया तो देखा अम्मा को उन्होंने कहीं पर भेज दिया है और मुझसे झूठ बोला की वो अपने आप कहीं चली गई है ! मैंने भी उनको बहुत बुरा भला कहा.....इसी वजह से उन्होंने मुझे नौकरी से निकाल दिया |

तुम ठीक कह रहे हो भाई...एक दिन मुझे अम्मा यहीं पास ही सड़क के किनारे मिली थी !

जी साहेब, अम्मा की जब तबियत ज्यादा ख़राब हो गई तो उन्होंने उनको यह सोचकर सड़क के किनारे डलवा दिया की अब इनको ही इनका इलाज करवाना पड़ेगा ! उनका बेटा तो अब रख रखाव का खर्चा देता नहीं था ! आप उनको लेकर हस्पताल में आये थे |

बहुत ही निर्दयी लोग हैं.....उनके पास मानवता नाम की भी कोई वस्तु नहीं है ! कम से कम उस लिहाज से ही उनका इलाज करवा देते तो आज अम्मा जीवित होती !

साहेब, मैंने भी उनसे यही कहा था....पर उन्होंने मेरी एक न सुनी और उनकी देखभाल करने से इनकार कर दिया |

पर भाई... मैंने अम्मा की बहुत सहायता की लेकिन उनको मैं बचाने में नाकाम रहा ! इस बात का मुझे अभी तक दुःख है !

साहेब इसमें भी,आपके और अम्मा के साथ उस समय बहुत बड़ा धोखा हुआ था....उन हस्पताल के लोगो ने डॉक्टर के साथ मिलकर किया गया था ! उसने बताया....

क्या, किस प्रकार का धोखा ? महाराज......आपने उससे पूछा नहीं, उससे......?

गुरु जी मैंने उससे पूछा......लेकिन उसने कहा की मुझे बेहोशी जैसा लग रहा है....साहेब, कुछ पीने को मिल जाये ताकि मैं होश में रहूँ ! गुरुजी, मैं शीघ्रता से रसोई में गया और हम दोनों के लिए चाय बनाकर ले आया....चाय पीकर, उसकी बेहोशी में थोडा आराम मिला तो उसने आगे की सारी बात बताई !

उसने कहा......जब आप अम्मा को लेकर हस्पताल में आये थे | मैं वहीँ पर था लेकिन आपका सारा ध्यान अम्मा पर और उस कर्मचारी से बात करने में था ! इसलिए मैंने भी आपको परेशान करना उचित नहीं समझा और सारी बात मैं भी सुनता रहा ! उन्होंने आप से कहा की शीघ्र से इतनी धनराशी का इंतजाम करके ले आओ !

हाँ, भाई, उसका प्रबंध करने के लिए वहां से मैं भी तुरंत ही चला आया था ! ये तो करना ही था मुझे....अम्मा की जान बचाने के लिए.....

वो तो सब ठीक है,साहेब पर अम्मा का तो थोड़ी देर में ही देहांत हो गया था ! जब आप उन पैसो का प्रबंध करने चले गए थे !

पर जब मैं उनके कहे अनुसार रकम लेकर आया तो उन्होंने कहा की वो अब ठीक हैं ! बेहोश हैं पर उनकी हालत पहले से ठीक लग रही है | कुछ देर के बाद उन्होंने मुझे और धनराशी जमा करवाने को कहा था !

मुझे मालूम है साहेब,अम्मा उस समय तक जीवित ही नहीं थी ! उनको एक मशीन में रखकर बस कृत्रिम साँस देने का नाटक कर रहे थे ! जब आपको,उन्हें दिखाया था तो वो ऐसे साँस लेती प्रतीत हो रही थी ! लेकिन वो जीवित नहीं थी.....और वो इसके लिए आपसे पैसे ऐंठ रहे थे ! इस प्रकार के बड़े हस्पताल का यही दशा है | विशाल हस्पताल का निर्माण करने के लिए बहुत अधिक धनराशी खर्च करनी पड़ती है ! उसको ऐसे ही छलकपट करके ही मरीजों के परिवार से लूटा जाता है और इसको बनाने का खर्च को पूरा किया जाता है ! इंसान कि मृत्यु के उपरांत उसके इलाज में आया खर्च का पावति भी उसके सगे संबंधियों से ही वसूला जाता है ! रकम नहीं देने की अवस्था में वो लोग उसका पार्थिव शरीर भी नहीं सौंपते है ! सब पैसे लूटने में लगे हुए हैं ! चाहे इसके लिए उन्हें कोई भी दिखावा क्यों न करना पड़े ? बहुत निर्दयी लोग हैं |

मैंने भी इस प्रकार के आचरण का विरोध किया तो उन्होंने मुझे और मेरे परिवार को मारने की धमकी दी......और मुँह बंद रखने की बात कही ! उस समय तो मैं चुप रह गया लेकिन जब उन्होंने वो आचरण किसी और गरीब मजबूर व्यक्ति के साथ किया तो मुझसे रहा नहीं गया मैंने उनको पुलिस में शिकायत करने की धमकी दी......जिस वजह से उन्होंने मेरी यह हालत कर दी है !

साहेब, सब यहाँ पर लुटेरे बैठे हुए हैं ! उनको किसी का डर नहीं है क्योंकी शासन प्रशासन सब मिले हुए हैं ! भगवान् जी से शुक्र मनाना चाहिए की कभी भी ऐसे लोगो के चंगुल न फसें !

बस साहेब, अब सुबह हो चुकी है, शीघ्र से शीघ्र मुझे घर पहुंचकर, उनके आने से पहले अपने परिवार को लेकर निकलना है अगर उन्होंने मुझे देख लिया तो पता नहीं मेरे साथ क्या सलूक करेंगे ?इ सलिए साहेब.....अब मैं चलता हूँ, मुझे शरण देने के लिए आपका बहुत-बहुत धन्यवाद!

इतना कहकर वो चला गया, गुरुजी ! उसके बाद वो मुझे कभी नहीं मिला और पता भी नहीं चला और उसका, उसके परिवार का क्या हुआ ? लेकिन वो जो मुझे बताकर गया उससे ऐसी संस्था के प्रति मेरी सोच बदल गयी ! मेरी भी आँख खुल गई ! उसके बताने से पहले मैं उन लोगो को बहुत ऊँचे दर्जे का समाज सेवक समझता था क्योंकी मेरी सोच उनके प्रति यह थी कि वो समाज सेवा का काम करते होंगे और फिर इंसान का जीवन उनके हाथ में ही होता है ! लेकिन स्थिति बिलकुल उलट थी !

आप ठीक कह रहें महाराज.....ये कलयुगी दुनिया वाले अपने मलतब के लिए तो अपनों से भी नाता तोड़ने में तनिक भी देर नहीं करते होंगे ! लेकिन महाराज....जब इंसान का साया ही अगर उससे बड़ा हो जाये तो समझ लेना चाहिए की उसका अंत समय निकट ही है ! सुख का साथ तो जग में सभी लोग साथ देते हैं लेकिन "अपना" वो ही है जो दुःख में साथ निभाए....दुःख में साथ निभाना उतना ही मुश्किल है जैसे चन्दन के वृक्ष से विशाल सर्प को किसी छोटी सी लकड़ी से हटाने का प्रयास करना !

आप ठीक कहते हैं गुरुजी.....मैं तो उसका भुक्त भोगी हूँ ! मेरे साथ तो बहुत बड़ा धोखा हुआ था ! उस समय इतना हताश हो गया था की मुझे कुछ सूझ नहीं रहा था | समाज में सब मुझे ही दोष दे रहे थे जब की उसमे मेरा या मेरे बेटे का कोई हाथ नहीं था | आप तो जानते हैं की मैं कभी किसी को दुखी नहीं देख सकता तो अपनों का मन कैसे दुखा सकता हूँ ? मैंने किसी न किसी तरह उस आई हुई मुसीबत से पीछा छुड़ाया था | यह सब कार्य करने में मैंने अपने जीवन के बहुमूल्य वर्ष खो दिए | सोचा था की शीघ्र ही अपने समस्त कार्य निपटाकर, मैं इस कलयुग की धरती को अलविदा कह दूंगा...लेकिन उसमे मेरा इतना समय व्यर्थ हो गया की

मेरा अपने बेटे को बीच मझधार में छोड़कर जाने का मन नहीं हुआ......पिता का कर्तव्य भी चुकाना था मुझे....वो मैंने ठीक प्रकार से निभाया है या नहीं, आप ही निर्धारित कीजिये...गुरुजी !

आपके साथ क्या हुआ था.....महाराज ? हम सब जानते हैं आप तो सत्य की साक्षात मूर्ति हैं......आप तो कभी किसी के साथ छल कर ही नहीं सकतें हैं......

आप ठीक कह रहे हैं गुरुजी......पर मुझे एक बात समझ नहीं आ रही है कि कलयुग में सबसे बड़ा कौन सा कारण है जिसके कारण मनुष्य इतना अधर्म करता है......कृपा करके मुझे इस ज्ञान से अवगत करवा दें !

आप तो सब जानते हैं महाराज......लेकिन आप कहतें हैं तो मैं आपको इस दुविधा से बाहर निकालने का प्रयास करता हूँ !

महाराज.....इस कलयुग में एक कारण ऐसा है जो बहुत ही महत्व रखता है हमारे जीवन में, वो शब्द है "लालच"!

लालच, गुरुजी......लालच तो अपनी समस्त इच्छा की पूर्ति के लिए किया जाता है.....अगर हम किसी चीज़ को प्राप्त करने का लालच या अभिलाषा न करें तो उसे किस प्रकार प्राप्त किया जा सकता है ? ज्ञान, सम्मान और प्रतिष्ठा पाने का लालच करना भी ख़राब होता है क्या ? अगर हम इनको पाने के लिए लालच न करें तो प्रयास कैसे कर पाएंगे ? कृपया मार्ग दर्शन करें !

हाँ, महाराज आप ठीक कह रहे हैं.....पर लालच ही वो क्रिया है जिसके चलते, मानव अपने सम्पूर्ण जीवन में अधर्म करने के लिए भी विवश हो जाता है | तय सीमा तक ही लालच, मानव और समाज के लिए ही लाभकारी होता है | अत्याधिक लालच का मतलब ही अपनी जरुरत से अधिक पाने का प्रयास करना होता है | जब हम अपनी जरुरत से अधिक पाने की इच्छा प्रकट करते हैं और उसके लिए किसी को नुक्सान के विषय में नहीं सोचते ! उस महत्वकांशा को पाने के लिए मनुष्य कुछ भी करने तो तैयार हो जाता है ! उस समय उसको यह भी

ध्यान नहीं रहता कि मैं इस अनुचित तरीके का प्रयोग कर रहा हूँ....... जो प्रकृति के विरुद्ध है ! वो तो बस जल्द से जल्द अपनी इच्छा को पूर्ण करने के लिए, किसी का भी नुक्सान करने में भी संकोच नहीं करता ! महाराज.....इस कलयुग में माया भी अपनी अनोखी भूमिका निभाती है.....माया के बिना इस संसार में कुछ भी नहीं है....सम्पूर्ण जीवन, उसके बिना सूना है....यहाँ पर मानव ने माया को बहुत ऊँचा दर्जा दे रखा है....वो सोचता है की इसके बिना तो कोई कार्य पूर्ण होना संभव ही नहीं है !

आप ठीक कह रहें हैं गुरुजी.....सब माया के पीछे भाग रहें हैं....इस प्रकार के लोगो से कोई भी उचित, अनुचित कार्य करवा सकते हैं | बस काम की बदले में कुछ न कुछ या अधिक प्राप्त हो जाना चाहिए !

जी महाराज........अपने युग में माया भी अपनी भूमिका निभाती थी पर संतोष भी प्रचुर मात्रा में पाया जाता था......आपकी प्रजा के मन में कोई लालच था ही नहीं ! जितना मिल जाता था उतने में ही संतोष कर लेते थे | तभी तो उस समय इंसान अपना जीवन बहुत सुलभता से व्यतीत कर लेता था ! किसी प्रकार चिंता नहीं थी.....कोई अनुचित कार्य करने की भी सोचता नहीं था....क्यों की लोगो के मन में अत्याधिक लालच नहीं होता था ! फिर उस युग मे आप जैसे प्रजापालक हुआ करते थे........जो अपनी प्रजा की सेवा तन-मन-धन से करने के लिए तत्पर रहते थे ! उन्हे किसी प्रकार का कोई कष्ट न हो उसकी जुम्मेदारी भी उनकी ही होती थी | जो वो बहुत ही तन्मयता से निभाते थे |

गुरुजी,आप बिलकुल ठीक कह रहें है कि इस कलयुग में किसी की भावना की किसी को कोई मोल नहीं है....सब अपने में मस्त हैं....कोई अधर्म कर रहा होता है तो कोई व्यक्ति उसको इस कार्य को ना करने का उपदेश भी नहीं दे सकता.....ये मेरे साथ भी हुआ था ! लालच का एक घिनोना रूप मैं उस हस्पताल में देख चूका हूँ जहाँ मेरी पत्नी ने अंतिम साँस ली थी....

वो कैसे महाराज.....क्या हुआ था ?

गुरुजी, जब हस्पताल के डॉक्टरों ने मेरी पत्नी को मृत घोषित कर दिया...तो मैं अपने बेटे को लेने के लिए एक दुसरे कमरे में चला गया ! जब मैं बेटे को लेकर वापस आया तो देखा की मेरी पत्नी ने जो सोने के आभूषण पहन रखे थे, वो सब गायब थे....इतना घिनौना काम भी हो सकता है और करने वाला कोई नहीं बल्कि उसी हस्पताल का एक कर्मचारी ही था ! मैंने उसकी शिकायत भी की थी लेकिन मेरी किसी ने नहीं सुनी....ऐसा लग रहा था कि इस हस्पताल के सारे कर्मचारी मिले हुए हैं ! मेरा साथ देने की किसी की भी हिम्मत नहीं हुई ! उल्टा उन्होंने मुझ पर ही आक्षेप लगा दिया कि मैं झूठ बोल रहा हूँ |

तो आपने क्या किया.....महाराज ?

क्या करता,गुरुजी ? मैंने बहुत मुश्किल से पेट काट-काट कर अपनी अर्धांगिनी के लिए सोने के आभूषण बनवाये थे ! उनमे से कुछ उन भ्रष्ट कर्मचारियो ने हड़प लिए और कुछ मेरे बेटे की बहु ले गई ! इस कलयुग में मेहनत से कमाई करने में बहुत ही कष्ट उठाना पड़ता है या फिर लाया जाता है ! जो इमानदारी से रहना चाहता है तो लोग उसे रहने नहीं देते हैं ! इसलिए मैं कह रहा हूँ गुरुजी कि मैं यहाँ रहकर बहुत दुखी हो चूका हूँ !

आपके बेटे की बहु......ये क्या कह रहें हैं....महाराज....अभी आप तो कह रहे थे कि वो अपने मायके गई हुई है....वहां पर कोई समारोह है ?

जी गुरुजी,ये तो मेरे बेटे की दूसरी पत्नी है.....बहुत सुशील और संस्कारी है....अपने पति के साथ-साथ मेरा भी बहुत ख्याल रखती है.....मेरे पोते का भी बहुत ध्यान रखती है....हमारी छोटी-छोटी इच्छा को पूर्ण करने की मन से प्रयास करती है !

बधाई हो महाराज.....आपका पोता भी है ! पहले तो आपने बताया नहीं था कि पोता भी है.....कितना बड़ा है ?

गुरुजी, अभी तो वो बहुत छोटा है.....पाओं तो चल लेता है....थोड़ा-थोड़ा तुतलाते हुए बोल भी लेता है.....उसका, मुझसे बहुत लगाओ है....मेरे बगैर तो वो

रहता नहीं है | मेरे कार्यालय से आते ही मुझसे ऐसे लिपट जाता है जैसे कितने दिनों से नहीं मिले हों ! बहुत देर तक मुझसे तुतलाते हुए बातें करता रहता है और सारे दिन का क्रियाकलाप का वर्णन करते हुए, मेरे साथ खेलता रहता है ! गुरूजी,मैं कितना भी थका हूँ,उ सके साथ होने से मेरी सारी थकावट गायब हो जाती है | अपने, आपको एकदम तरोताजा महसूस करता हूँ | जब बहु मेरे लिए चाय बनाकर लाती है तो उसे ले जाती है !

बहुत खूब......महाराज.....इतना आनंदमय जीवन होते हुए भी आप कह रहें है कि अब मैं यहाँ रहकर थक गया हूँ !

गुरुजी,मैं ठीक कह रहा हूँ अब मुझसे यहाँ के छलकपट और निर्दयीता नहीं देखे जाते.....छोटी-छोटी चीजो के लिए बहुत संघर्ष करना पड़ता है.....कार्यालय में बहुत काम करने के बाद भी ठीक से घर चलाना मुश्किल हो जाता है ! गुरुजी,जो भ्रष्ट हैं उनको कोई फर्क नहीं पड़ता कि कैसे घर चलाना है ! वो सब प्रबन्ध कर लेते कहीं न कहीं से.....मुझसे कम कमाने वाले भी मुझसे से अधिक राशी खर्च करते रहते हैं और ऐशोआराम का जीवन व्यतीत करते हैं ! लेकिन मुझे सोच समझकर खर्च करना पड़ता है !

लेकिन.....महाराज.....आपको कोई चिंता तो नहीं होती है.....नींद भी ठीक आती होगी....इमानदारी के साथ रहने वालो को किसी प्रकार का कोई डर नहीं होता है,....लेकिन जो सारा समय बस माया के पीछे भागता रहता है, उनके साथ इसका उल्टा होता है.......मैं ठीक कह रहा हूँ न ?

आप ठीक ही कह रहें.....शायद.......! हाँ तो मैं अपने बेटे की पहली पत्नी का वृतांत सुना रहा था | मेरा बेटा बहुत ही शांत स्वभाव का है | बिलकुल मुझ पर गया है | सब का आदर करना और इमानदारी से जीवन व्यतीत करना, उसे भी पसंद है | मेरी तरह ही किसी झमेले में पड़ना, उसको बिलकुल भी पसंद नहीं है | सारा दिन अपना काम और काम पर ध्यान देता रहता है | एक दिन, मेरे एक परिचित ने मुझसे कहा कि अब तुम्हारा बेटा विवाह लायक हो गया है...अच्छा कमाने भी लगा है तो तुम उसके विवाह के विषय में क्यों नहीं सोचते ?

फिर आपने ने क्या कहा......महाराज.....वो परिचित, जिसने आपसे, आपके बेटे के विवाह के विषय में बात की थी.....वो जाना पहचाना था या फिर किसी ने उसे भेजा था आपसे बात करने के लिए ?

जी गुरुजी,वो मेरे ही कार्यालय में काम करता था ! मैं उसे बहुत अच्छी तरह जानता था | मैंने अपने बेटे से इस विषय में बात करके....उसे कह दिया कि अगर कोई अच्छी, सुशील और संस्कारी कन्या हो, उनकी नज़रों में तो मैं अपने बेटे के लिए, उनके परिवार से बात करने के लिए तैयार हूँ !

हाँ हाँ,मित्र,जैसी तुम्हारी चाहत है,मेरी नज़र में एक रिश्ता है | कन्या,मेरी देखी हुई है......परिवार भी मध्यम,बिलकुल आप जैसा है | उनके विषय में कोई छलकपट नहीं सुना है | मेरे विचार में ये रिश्ता,तुम्हारे बेटे के लिए बिलकुल ठीक रहेगा.....अगर तुम कहो तो उनसे बात चलाकर देख लूँ ?

गुरुजी, मैंने, उस समय पता नहीं कैसे उसे कह दिया कि वो उनसे बात करके मुझे, उनसे मिलवा दे......कुछ दिनों के बाद वो, उनके परिवार में से दो तीन लोगो को लेकर मेरे घर आ गया.....मैं सीधा-साधा इंसान उनके बातो में पता नहीं कैसे आ गया और अपने बेटे का विवाह, उस कन्या से कर दिया......मेरा बेटा तो मेरे पद चिन्हों पर चलने वाला ही इंसान है.....जैसा मैंने उससे कहा उसने वैसा ही किया......

विवाह होने से कुछ दिनों तक सब ठीक चला....बहु वैसी थी....जैसा मेरे परिचित ने उसका वर्णन किया था | कुछ दिनों के बाद पता नहीं क्या हुआ कि उसने अपना रंग दिखाना शुरू कर दिया | घर के काम ना करने के लिए तरह-तरह के बहाने बनाने शुरू कर दिए | घर में क्लेश करना शुरू कर दिया....कुछ दिनों तक बेटे और मैंने उसके सब नखरे सहे | लेकिन गुरुजी, जब पानी सिर से ऊपर चला गया तो मैंने अपने परिचित से उसकी शिकायत की.....लेकिन उसने सारा दोष हम पर ही लगा दिया.....ऐसा लग रहा था कि सब एक साजिश के तहत चल रहा था ! परिचित ने हमारा पक्ष लेने के बजाय उनका पक्ष लेना शुरू कर

दिया....हमें, जेल जाने का डर दिखाकर कहा कि जैसा वो कर रही उसे करने दो नहीं तो उसने शिकायत कर दी तो तुम लोग मुसीबत में आ जाओगे !

ये तो आपके साथ बहुत बड़ा धोखा हुआ था....महाराज ! इंसान का पता जब चलता है जब उसको परखा जाये | इसमें आपकी कोई गलती नहीं थी.....जो वृक्ष सीधा होता है, इस कलयुग में सब उसको ही काटने की सोचते हैं.....फिर आपने क्या किया ?

गुरु जी, जैसा की आपको ज्ञात ही है.....मैं तो सीधा-साधा इंसान हूँ.....कोई छलकपट करना मेरे वश की बात नहीं है....और न ही मैं किसी को दुःख देने की सोच सकता हूँ | मैंने अपने कर्मो के लेख समझकर, इसी प्रकार जीवन जीने की सोची ! लेकिन, इसे बहु ने तो हमारी कमजोरी समझकर, हम पर और तरह-तरह के दोष मढ़ने आरंभ कर दिए.....

उसके, सब परिवार वाले भी उसी का साथ देते थे और यहाँ पर मैं और मेरा बेटा ही था | उस समय गुरुजी, मुझे अपनी पत्नी की कमी बहुत महसूस हुई ! अगर वो होती तो हमें कोई ठीक परामर्श देती या फिर बहु को समझती कि हमारे साथ रहने में उसे क्या परेशानी थी ? उसको समझने में हमारी सहायता कर सकती थी ! मैं तो उसे अपने बेटे की बहु बनाकर इसलिए लाया था कि घर में एक बेटी की कमी भी पूरी हो जाएगी और घर में लक्ष्मी आने से घर का वातावरण ठीक रहता है ! घर में खुशहाली बनी रहती है !

आप ठीक कह रहें हैं....महाराज......अर्धांग्नी ही इंसान की परम मित्र होती है....वो ही अपने परिवार की सही प्रकार से देखभाल कर सकती है | परिवार पर कितना भी संकट क्यों न आ जाये....वो उसको टालने के लिए भरपूर प्रयास करती है......फिर महाराज.....एक स्त्री ही स्त्री की बात समझ सकती है ! लेकिन किसी के मन में क्या छिपा है किसी को पता नहीं होता है ये तो उसके साथ रहने और उसके व्यवहार से ही ज्ञात हो पाता है !

जी गुरुजी,मैं इतना परेशान हो गया था और मेरा बेटा मुझसे ज्यादा परेशान था लेकिन वो मुझसे से शिकायत भी नहीं कर सकता था | वो बेचारा मन ही मन

घुट रहा था | मैं उसकी दिनचर्या को देखकर सब समझ रहा था और उसके मन की बात भी जान रहा था ! मैं मजबूर था ! वो इतना संस्कारी है कि वो अपनी पत्नी से कुछ कह भी नहीं पा रहा था | अपने प्राब्द का फल मानकर, सब कुछ सह रहा था | मुझे उसकी दुविधा देखी नहीं जा रही थी | मैंने बहुत प्रयास किये अपनी बहु को समझाने के लिए.....पर मुझे पता नहीं कि उसके मन में क्या था और वो क्या सोच रही थी ? मेरे बहुत समझाने के बाबजूद वो नित्य प्रतिदिन बेटे के साथ क्लेश करती रहती थी !

एक दिन गुरुजी, बेटा मेरे पास आया और बड़े दुखी मन से कहने लगा कि पिता जी अब मुझसे सहन नहीं होता | वो बात-बात पर ताने देती रहती है | तरह-तरह की मांग मेरे सामने रखती रहती है ! पिताजी, मेरी इतनी आमदनी नहीं है जिससे मैं उसकी रोज-रोज की मांग को पूरा कर सकूं ! वो है कि किसी बात को मानती ही नहीं है ! अब तो पानी सिर से ऊपर चला गया है.....इस कुटिल नारी से मुझे, किसी भी हाल में छुटकारा पाना ही होगा....अन्यथा हम सब का जीवन जीते जी नरक हो जायेगा ! उस दिन मैंने अपने बेटे के मुहं से किसी के लिए इतने कड़वे शब्द सुने थे !

महाराज.....आपके बेटे का कहना तो ठीक ही था.....इंसान भी कितना सह सकता है ! उसकी भी सीमा होती है | जब दुःख की सीमा तय सीमा से अधिक हो जाती है तो इंसान टूट जाता है और मन विचलित हो जाता है | धीरे-धीरे वो अस्वस्थ हो जाता है ! तरह-तरह की बिमारिओ से ग्रस्त हो जाता है | मन एकचित नहीं रह पता | इसलिए जीवन में,वो अनाप-शनाप फैसले लेता है !

बिलकुल ऐसी ही हालत हो गई थी उसकी.....जब मुझे उसकी ये हालत देखी नहीं गई तो मैंने अपने सबसे परम मित्र, जो मेरे साथ ही काम करता था | उससे परामर्श लेने का विचार किया | मैंने उससे से पूछा की बेटे को इस मुसीबत से कैसे बचाया जाये ! पहले तो उसने मुझे कहा की वो अपनी बहु को समझाने की कोशिश करे......उसके बाद भी अगर वो नहीं माने तो आखिर में एक ही रास्ता

बचता है कि न्यायालय का सहारा लेकर अपने बेटे को उससे पृथक करवा दिया जाना चाहिए.....लेकिन उसमे भी बहुत कठिनाई आती है !

आपने उससे पूछा नहीं....महाराज किस-किस प्रकार की कठिनाई का सामना करना पड़ेगा ?

गुरुजी,उसने बताया की समाज में बहुत अपमान का सामना करना पड़ता है | लोग लड़के को ही दोष देते हैं ! कोई उस स्त्री की बुराई नहीं करता है क्योंकी उन्हें पता भी नहीं होता की गलत कौन है ! उसने, मुझे उसके घर वालो से बात करके मामले को निपटने का विकल्प अपनाने को भी कहा ! गुरुजी, मैंने उसके घर वाले से पहले ही बात करके देख ली थी लेकिन वो भी हम पर ही लड़की को परेशान करने का दोष लगा रहे थे ! उसके बाद मेरे दोस्त ने मुझे न्यायालय का सहारा लेने की सलाह दे दी और एक अच्छे से अभिवक्ता से भी मिलवा दिया |

पहले तो न्यायालय में केस जाते ही बहु आग बहुला हो गई ! एक दिन तो उसने ऐसा बखेड़ा खड़ा कर दिया ! सारे महौल्ले के लोग एकत्र हो गए और तरह-तरह की बातें होने लगी ! गुरूजी, उस दिन, जो लोग मेरे और मेरे पुत्र के आचरण और चरित्र का उदाहरण देते थे ! वो ही अब हम पर शंका भरी निगाह से देख रहे थे ! उस दिन अपने जीवन में हमें बहुत लज्जा का अनुभव हुआ !

क्यों महाराज ? उसको यहाँ रहने में भी परेशानी हो रही थी तो चुप-चाप आपके बेटे से अलग क्यों नहीं हो गई ?

नहीं गुरुजी, ऐसा नहीं है....उसको तो यहाँ रहने में कोई परेशानी नहीं थी क्योंकी उसने हमें दबा कर रखा हुआ था और कोई काम भी नहीं करना पड़ता था | जिस भी वस्तु की आवश्यकता होती थी तो हमसे, उसे आसानी से मिल जा रही थी......इसलिए वो क्यों सोचेगी की ऐसी जगह को छोड़कर जाने की ?

उसके परिवार वाले भी उसका साथ देने के लिए आ गए क्यों की वो भी हमारी शिष्टता का लाभ उठा रहे थे ! वो हमसे धन ऐंठ कर अपने घर वालो की भी मदद कर रही थी ! उन्हें तो बिना काम के ही सब कुछ मिल रहा था तो वो अलग

करने की क्यों सोचेंगे ? जब हमने न्यायालय में अलग होने का अभियोग कर दिया तो न्यायालय ने हमें कहा की आपस में मिल बैठ कर सुलह करके अलग हो जाओ !

लेकिन वो मान ही नहीं रहे थे ! हमने न्यायालय से अलग होने की आज्ञा देने की बात कही.....गुरुजी, आपने सत्य ही कहा था कि मेरे बेटे का जीवन दुविधा में फंस चूका था ! लम्बे समय तक उसके साथ अभियोग चला | उसमे बहुत अधिक धनराशी खर्च हो गई और जो हमने कन्या दान में, सोने-चांदी के आभूषण, बहु को दिए थे | वो भी लेकर चली गई ! लेकिन अच्छा यह हुआ की मेरे बेटे का जीवन बच गया......गुरुजी,बसंकट के बादल जब कभी भी छंटते है मन को बहुत सकून और शांति देते हैं....हमें ऐसा लगा मानो हमें नया जीवन मिल गया हो!

लेकिन महाराज....आपने पता करने की कोशिश नहीं की, कि आपकी बहु ऐसा व्यवहार क्यों कर रही थी ?

मैंने, इसके विषय में छानबीन करने की कोशिश नहीं की ! लेकिन एक दिन मुझे अपने कार्यालय में, उसका एक पडोसी मिल गया, जो किसी काम से हमारे जनप्रतिनिधि से मिलने आया हुआ था ! उसने तुरंत ही मुझे पहचान लिया क्यों की मैं कई बार बहु के घर आते-जाते हुए उससे मिल चूका था ! उसने मुझे बहु की सारी करतूत, विस्तार से बता दी और उसने यह भी बताया की उसका मेरे बेटे से विवाह करने के पीछे क्या मकसद था !

उस पड़ोसी ने विवाह होने से पहले क्यों नहीं बताया....कम से कम आप सतर्क तो हो जाते और विवाह को टाल देते...महाराज ? कहीं वो भी तो उनसे नहीं मिला हुआ था ?

नहीं गुरुजी, वो तो उनके साथ सम्मलित नहीं होगा....उसने तो मुझे कई बार संकेत दिए थे....और कहा था कि थोड़ी छानबीन करके ही आगे की बात चलने मे ही समझदारी होगी ! लेकिन किसी मजबूरी के कारण ही वो मुझे, सीधे-सीधे कुछ नहीं बता पाया....और गुरुजी,इ समें हमारी ओर से भी त्रुटी हो गई कि हमने, अपने परिचित के बातों में आकर, शीघ्रता के निर्णय ले लिया !

फिर इसमें.....महाराज,उस पड़ोसी की कोई गलती नहीं थी और न ही तुम्हारी ! जैसा की मैंने पहले कहा कि प्रारब्ध का फल तो भोगना ही पड़ता है ! परम परमात्मा जो कष्ट देते हैं उसे सहर्ष ही स्वीकार किया जाता है, इसके अलावा मानव के समक्ष कोई और रास्ता नहीं होता ! जब समय ही खराब आना होता है तो कई मौको पर किसी के द्वारा दिए हुए संकेत हम किसी कारणवश नहीं समझ पाते हैं....जब तक समझ पाते हैं तब-तक बहुत देर हो चुकी होती है !

फिर भी महाराज.... आपकी बहु के विषय में, उसने क्या राज खोले?

गुरुजी, उसने बताया की बहु अपने घर में अकेली औलाद थी ! घर में किसी की नहीं सुनती थी ! जो मन करता था, वो करती थी | इधर-उधर घूमना और सैर सपाटा करना, उसे पसंद था ! एक दिन हमें और उसके घर वालो को पता चला की वो किसी अन्य युवक को पसंद करती है और उसकी के साथ ही अपना अधिकतर समय व्यतीत करती है ! उसे इसी प्रकार का जीवन पसंद था और वो चाहती थी कि मेरा बेटा भी उसे, इसी प्रकार से सैर सपाटा करवाता रहे ! लेकिन गुरुजी, उसको इतना समय नहीं मिल पता था कि वो उसकी अनुचित बात की पूर्ति कर सके !

ये तो बहुत ही अशोभनीय बात है, महाराज.......इस प्रकार का व्यवहार हो हमारे समय में होता नहीं था ! युवक-युवतियों के बीच में लाज का एक पर्दा होता था....और वो कभी नहीं हटता था चाहे कुछ भी हो जाये !

अरे....महाराज मैं तो यह भूल ही गया कि यह कलयुग है ! यहाँ कुछ भी हो सकता है ! अगर वो उस युवक को पसंद करती थी तो उसके घरवालो ने उसका विवाह, आपके बेटे से क्यों कर दिया ?

यह सब लोक-लाज की वजह से किया होगा......पर गुरुजी,जो हुआ सब किस्मत में लिखा होगा....हमारे और उस युवती के !

आप महान हैं....महाराज......इतना कुछ होने पर भी आप उसको कोई दोष नहीं दे रहे हैं ! सिर्फ अपनी किस्मत का दोष मान रहें हैं !

गुरुजी.....यही तो हमारे संस्कार हैं...जो अभी तक इस युग में भी जीवित हैं !

उस पड़ोसी ने बताया की उसका मकसद यह भी था कि आपके घर को अपने नाम करवा लिया जाये और फिर उस युवक से विवाह करके,अपना जीवन सुचारू रूप से व्यतीत किया जाये ! लेकिन वो इस मकसद में कामयाब नहीं हो पाई......उससे पहले हमने उससे अलग होने का फैसला कर लिया और हो भी गए !

आपने ठीक किया इस प्रकार की मुसीबत से जितना शीघ्र हो सके छुटकारा पा लेना चाहिए ! आपने, अपने बेटे के दुसरे विवाह के विषय में कैसे सोचा.....महाराज !

गुरुजी, मैंने गहन विचार विमर्श करके ही, बेटे के दूसरे विवाह के विषय में सोचा....वो तो इसके लिए मान ही नहीं रहा था !

क्यों महाराज ? जब तो आपके बेटे की उम्र तो बहुत कम रही होगी ?

जी गुरूजी, इसलिए मैंने उससे इस विषय में बात की ! लेकिन वो डर रहा था कि कहीं दूसरी पत्नी भी वैसी आ गई तो रहा बचा जीवन ही गर्त में चला जायेगा और समाज में मान-सम्मान की हानि होगी सो अलग ! लकिन मैंने उससे कहा कि हमेश समय एक सामान नहीं रहता और मुझे पूरा विश्वास है कि अब ऐसा नहीं होगा ! मेरी इस बात पर सहमत होकर वो दूसरा विवाह करने के लिए मान गया !

मैंने बहुत सोच समझकर, देखभाल कर उसका विवाह एक कन्या से किया जो की बहुत ही समझदार है और समस्त परिवार का बहुत अच्छे से ध्यान रखती है | किसी को परेशान नहीं करती | घर के सब काम स्वयं करती है | अभी तक तो वो, मेरे बेटे लिए आदर्श अर्धांग्नी के रूप में साबित हो रही है ! अब मेरे बेटे का जीवन बहुत ही सुख में व्यतीत हो रहा है ! वो भी अपनी पत्नी का कहना कभी नहीं टालता और उसके घर के कुछ कामो में हाथ भी बटा देता है ! जिससे उसका काम भी हल्का हो जाता है और उसको भी आराम करने का समय मिल जाता है ! इस

समन्वय से घर का वातावरण बहुत सुखद हो गया है ! हम कोशिश करते हैं कि रात का भोजन हम सब मिलकर करें ! जिससे से परिवार में प्रगाड़ता बढ़ती है ! सप्ताह में एक दिन हम सब घुमने जाते हैं ! घर के हर सदस्य ऐसे लग रहे थे मानो परमात्मा ने ही समन्वय बिठाकर, हम सब को एकत्र किया है ! परमात्मा की कृपा से कुछ दिनों के बाद उनको एक पुत्र की प्राप्ति हुई | मैंने बड़े धूमधाम से उसका स्वागत किया ! गुरूजी ऐसा लगा की एक घर में एक खिलौना आ गया है ! आस-पड़ोस के लोग भी हमारे घर आने जाने लगे....उनको भी मेरे पोते से बहुत लगाव हो गया है !

ये तो बहुत अच्छी बात है....महाराज.....अँधेरी रात के बाद अगर सूर्य निकले तो तन और मन दोनों को सकून देता ही है और आनंद भी अधिक प्राप्त होता है !

गुरुजी,इ स कलयुग में भी कई लोग ऐसे हैं जो परोपकार का काम बड़े ही सेवा भाव से करते हैं......भूखे को भोजन करवाना हो....जरुरतमंदों को दवा भेंट करना.....किसी के पास अगर आश्रय न हो तो उनको आश्रय प्रदान करना.... जो संपन्न होते हैं वो इस प्रकार के कई अनेक कार्य करते रहते हैं!

गुरुजी,कई बार तो कभी-कभी अपने क्षेत्र में सामूहिक विवाह का आयोजन का कार्यक्रम भी करवाते हैं !

अरे वाह महाराज........."सामूहिक विवाह" ये क्या होता है और किस प्रकार इस आयोजन को किया जाता है ? महाराज थोडा विस्तारपूर्वक बताने का कष्ट करें !

गुरुजी, सामूहिक विवाह, वो आयोजन होता है जहाँ पर बहुत से वर और कन्या का विवाह बहुतायत में होता है ! पहले लड़के-लड़की के परिवार वाले, आपस में मिलकर यह विवाह को तय कर लेते हैं.....लेकिन वो बहुत गरीब या निम्न मध्यम परिवार से होते हैं ! जिनके पास इतना धन और संसाधन नहीं होते हैं कि जो इस विवाह जैसे समारोह में धन लगा सकें | वो किसी भी सामाजिक संस्था से संपर्क कर लेते जो इस प्रकार का आयोजन करवाती रहती है......जब अधिक

लोग जुट जाते है तो वो संस्था,दुसरे धनाड्य लोगो के सहयोग से सामूहिक विवाह समारोह का आयोजन करवाते हैं !

ये तो महाराज...बहुत ही पुण्य का काम है ! उन लोगो को बहुत दुआ मिलती होंगी!

जी गुरुजी, ऐसे लोगो की वजह से यह धरती पाप पुण्य का संतुलन बनाने में सफल रहती है ! नहीं तो प्रलय आ जाएगी.... इसका सबूत समय समय पर, भूकंप-जल प्रलय और अन्य प्राकृतिक आपदाओं के आने से लगाया जा सकता है |

आप ठीक कह रहे हैं....लेकिन मैं यह अभी तक समझ नहीं पाया हूँ...महाराज, जो लोग अपने स्वार्थ के कारण अधर्म में लिप्त रहते हों तो इस प्रकार के पुण्य के काम कैसे कर पाते हैं और कौन, ये सब करने में उनको प्रेरित करता ?

दरसल गुरुजी, ये लोग उनमे से होते हैं जो अनुचित तरीके अपनाकर अपना स्वार्थ सिद्ध करते हैं और धनराशी एकत्र करते रहते हैं | उनको भी पता रहता है कि जो हम ये अनुचित तरीके से कमाई और धन एकत्र कर रहे हैं ! हमें, आगे चलकर, पाप का भागी बनना पड़ेगा....इसलिए उनका मानना होता है कि अपने द्वारा किये हुए पाप को समाप्त अथवा कम करने के लिए....इस प्रकार के परोपकारी काम तो करने ही पड़ेंगे तभी हमारी गति सुधर सकती है !

तो ये बात है, महाराज......पर पाप करने के बाद कितने भी पुण्य के काम कर लो तो भी वो पूर्णतया कभी समाप्त नहीं होते...परन्तु कम जरुर हो सकते हैं ! जो पाप इंसान ने किये होते हैं, उसका फल तो उसे अवश्य भोगना ही पड़ता है....चाहे इस जन्म में हो या फिर किसी भी जन्म में हो ! कभी भी मानव इससे पीछा नहीं छुड़ा सकता | ये तो विधि का विधान है की "जैसा हम बोयेंगे वैसा ही हमें काटना पड़ेगा" ! ये नियम तो सब पर लागू होता है चाहे "राजा हो या रंक" ! सबको अपने कर्मो का फल समान रूप से भोगना पड़ता है !

ये विधान तो सतयुग से लेकर कलयुग तक एक ही है ! इसमें कोई फेरबदल नहीं हुआ है ! बस अंतर इतना आ गया है कि पहले के युगों में फल तत्काल मिल

जाता था लेकिन कलयुग में परिणाम मिलने में थोडा समय अवश्य लग रहा है ! इसलिए इंसान समझता है कि कितने भी अधर्म किये जाएँ, हमारा कोई कुछ नहीं बिगाड़ सकता ! इसी भ्रम में वो पाप पर पाप करता जाता है | जब उसके पाप का घड़ा भर जाता है तो प्रकृति को उसके कर्म का हिसाब किताब करना पड़ता है फिर वो अपने कर्मो को भोगते-भोगते, सोचता है कि हमने ऐसा क्या कर्म किया था जिसकी सजा हमें मिल रही है ! महाराज......प्रकृति किसी से भेद भाव नहीं करती है सभी के साथ एक जैसा व्यवहार करती है !

आप ठीक बात कर रहे हैं....गुरुजी.....लेकिन यहाँ पर बहुत से लोग ऐसे हैं जो इस प्रकार की किसी बात का विश्वास नहीं करते हैं | इस प्रकार के लोग, जो यह समझते हैं की हमें वर्तमान में अधिक से अधिक ऊंचाई पर जाना है.....चाहे उसके लिए हमें कोई तिकड़म क्यों न लगनी पड़े या फिर किसी भी कामयाब व्यक्ति के कंधे पर पैर रखकर ऊपर क्यों न चढ़ना पड़े ! इस बार उसका सहारा लेकर हम ऊंचाई पर पहुँच जाएँ तो हमारा कोई कुछ नहीं बिगाड़ सकता है, खुद वो भी नहीं जिसका सहारा, उन्होंने ऊपर चढ़ने के लिए लिया था !

गुरुजी.....एक समय की बात है की हमारे इस शहर में एक खाली जगह थी और उसके बीचोबीच एक बरगद का वृक्ष था ! उस खाली जगह मे शहर के बड़े बड़े, सरकारी और गैर सरकारी समारोह हुआ करते थे ! इस मैदान में बड़े-बड़े मेले और सर्कस का आयोजन भी होता रहता था ! इस अवसर पर लोग भी अपने बच्चों और परिवार का मनोरंजन करवाने के लिए, यहाँ पर बहुत बड़ी मात्र में एकत्र होते थे ! शहर की प्रमुख रामलीला और दशहरे के त्यौहार का आयोजन भी इसी मैंदान में होता था ! बहुत ही विशाल मैदान था ! उसके बीचो बीच वो बरगद का वृक्ष था !

गुरुजी.....मेरा रोज का आना-जाना उस मैदान के करीब से होता था ! कई बार मैं भी जब थक जाता था तो उस वृक्ष के नीचे बैठ जाता था ! वहां पर शहर के बुजुर्ग लोग उस वृक्ष ने नीचे बैठकर घर-परिवार की बातें किया करते थे ! शहर की दिनचर्या

बहुत सुचारू रूप से चल रही थी ! छोटी मोटी परेशानी तो जीवन में चलती ही रहती है....इसके अलवा किसी को कोई भी बड़ी परेशानी नहीं हो रही थी |

एक दिन, मैं रोज की तरह उस मैदान के बगल से गुजरा तो वहां पर मैंने देखा की एक साधू महाराज, उस पेड़ के नीचे धूनी लगाकर बैठे हुए थे !

पहले भी आपने उन्हें वहां देखा था, क्या....महाराज ?

नहीं गुरुजी मैंने, उन्हें कभी इस शहर में नहीं देखा था ! जगह-जगह वो लोग, जो परिश्रम करने से कतराते हैं या यूँ कहें कि वो करना नहीं चाहते हैं....वो लोग साधू का वेश धारण करके भोलेभाले लोगो को अंधविश्वास में डालकर अपने लिए जरुरत का सामान जुटाने में लगे रहते हैं ! लोग उनके बहकावे में भी आ जाते हैं और वो लोग, उन जैसे भोले-भाले लोगो का फायदा उठाकर,अपना उल्लू सीधा करते रहते हैं !

लेकिन गुरुजी....इन साधू महाराज को मैंने पहली बार यहाँ देखा था ! वो किसी को भी अपने पास आने के लिए नहीं उकसा रहे थे ! बस अपने आप में मग्न लग रहे थे और तपस्या की मुद्रा में बैठे हुए थे !

कैसे लग रहे थे.....वो, महाराज..... आपको, उनको इस वेशभूषा में देखकर, कोई विशेष अनुभूति हुई थी और क्या आपने उनसे सम्पर्क करने की कोशिश की ?

गुरुजी, जैसे ही मैंने उन्हें देखा....तो मैं उन्हें बहुत देर तक देखता ही रहा......बहुत लम्बी-लम्बी जटाएं थी उनकी...उनके आँखों की भृकुटी भी उनके चहरे पर लटक रही थी....इसीप्र कार दाढ़ी मूंछ भी इतनी बढ़ी हुई थी की उनका चहरा भी दिखाई नहीं दे रहा था ! उनका सारा शरीर लगभग नग्न ही था | उन्होंने केवल एक किसी मृग की छाल को अपने अंगों के चारो ओर लपेटा हुआ था और एक छाल को अपना बिछौना बना रखा था ! वो ध्यान की मुद्रा में बैठे हुए थे और किसी मन्त्र का जाप कर रहे थे ! गुरूजी, मैंने उनसे संपर्क करने की कोशिश की ! बहुत देर तक वहां, उनके उठने का इन्तजार किया लेकिन मुझे सफलता नहीं मिली ! वो अपनी तपस्या में इतने लीन थे की तस से मस नहीं हो रहे थे !

जैसे आपने उनकी वेशभूषा बताई है...इससे यह पता चलता है कि वो कोई सिद्ध महापुरुष होंगे | लेकिन आपके के अनुसार इस कलयुग में लोग छल-कपट का सहारा लेते हैं ! किसी न किसी तरह अपने जीवन यापन के लिए सुविधा को जुटाने के प्रयास करते रहते हैं ! इसमें मानव जाति का भला चाहने वाले जितने भी महापुरुष होते हैं वो कहीं खो से जाते हैं | जब लोग ठगा सा महसूस करते हैं तो वो किसी पर भी विश्वास नहीं करते हैं....क्यों महाराज,मैं ठीक कह रहा हूँ न ?

जी गुरुजी....शायद आप ठीक कह रहे हैं....मैंने भी अपने यहाँ बिताये समस्त जीवन में जो देखा है.....सच मानो तो मुझे भी किसी भी आडम्बर करने वाले इंसान पर भरोसा नहीं रहा ! यहाँ पर इतने लोग चहरे पर चहरे लगा कर घूमते रहते हैं ! जिससे, उन्हें पहचानना कठिन हो जाता है कि कौन सही है और कौन कपटी ! शायद इसी कारण से मुझे भी इन सिद्ध महापुरुष पर भी विश्वास नहीं हो रहा था | फिर मुझे ये भी लगा कि अचानक से यहाँ पर कैसे आ गए | इसी वजह से शंका हुई कि कोई व्यक्ति वेश बदल कर, लोगो को ठगने के लिए कोई प्रपंच तो नहीं कर रहा है......ऐसे ही कपटी लोग ढोंग करके.....कुछ छोटी मोटी चमत्कारिक क्रिया दिखाकर लोगो को अपने से जुड़ने के लिए प्रेरित करते हैं और धीरे-धीरे अपना झूठे आडम्बर का साम्राज्य फैलाना चाहते हैं और फिर वर्ष दर वर्ष उन भोलेभाले लोगो पर अपना सम्मोहन करके, उन पर राज करते रहते हैं | लोग भी उनको सिद्ध पुरुष मानकर उनकी पूजा अर्चना करने लगते हैं | कई लोग तो इतने मोहित हो जाते हैं कि सेवा के नाम पर वहीँ उनके पास अपना डेरा डाल लेते हैं | घर बार की कोई चिंता नहीं करते हैं | बस सब कुछ उनको समर्पित कर देते हैं | वो भी जब अपना साम्राज्य कायम कर लेते हैं तो उनको जीवन में कुछ करने की आवश्यकता भी नहीं होती है ! उनके एक वचन से लोग उन पर सब कुछ लुटाने को भी तैयार हो जाते हैं ! जब ऐसे ढोंगी बाबाओं का भेद खुलता है तो लोग अपने को ठगा हुआ महसूस करते हैं लेकिन जब तक बहुत देर हो चुकी होती है ! यही सोचकर मैं वहां पर थोड़ी देर रुका और अपने काम पर चला गया |

फिर आपने रोज उन महात्मा के दर्शन किये या फिर वो केवल कुछ समय के लिए यहाँ प्रकट हुए थे......महाराज ?

जी गुरुजी, मैं सुबह और शाम को जब अपने कार्यालय से घर आता जाता तो उन सिद्ध पुरुष को उसी अवस्था में बैठे देखता था | कुछ दिनों के बाद उनके पास दो, तीन लोग बैठे भी दिखने लगे....शायद उनको भी जानने की जिज्ञासा हुई हो कि देखा जाये की ये महात्मा कौन हैं और कहाँ से आये हैं ? लेकिन वो केवल और केवल समाधी की मुद्रा में बैठे रहते थे ! किसी से कुछ भी नहीं बोलते थे और न कभी भी कुछ भोजन या फल कुछ भी ग्रहण नहीं करते देखा गया था !

ये तो बड़ी विचित्र बात थी....महाराज.....इस कलयुग में भी ऐसे मानव हैं | जो भगवान् की भक्ति में लीन रहते हैं...किसी भी लालच में लिप्त भी नहीं होते हैं ! महाराज.....ऐसे लोगो पर कोई ध्यान भी नहीं देता है | जो कपटी होते है और तरह-तरह के आडम्बर का सहारा लेते हैं | उसको लोग भगवान् के तुल्य मानते हैं | उन पर ही सब कुछ लुटाने को भी तैयार रहते हैं ! ठीक कह रहा हूँ न.....महाराज ?

जी गुरुजी, कुछ दिनों में उन महात्मा के आस-पास भीड़ जुटने लगी...देखते ही देखते इतने लोग एकत्र होने लगे की ऐसा लगा की मेला लग रहा हो.....लोगो ने वहां पर अस्थाई दूकाने भी लगाने लगी !

दुकाने ! ये क्यों....महाराज ?

गुरुजी, मैंने जैसा आपको बताया था कुछ लोग इसप्रकार के आयोजन का लाभ उठाकर अपना स्वार्थ सिद्ध करने में लग जाते हैं और किसी भी प्रकार से कमाने का मौका हाथ से नहीं जाने देना चाहते हैं | वहां पर पुरुषो से ज्यादा महिलाए एकत्र होने लगीं | आपको तो पता है, गुरूजी पुरुषो से अधिक महिलाओं को सरलता से सम्मोहित किया जा सकता है....फिर कुछ महिलायें पूजा करने का दिखावा करने में अधिक विश्वास करती है ! लोगो का जमघट देखकर....कुछ लोगो ने अपनी दूकान चलाने का मार्ग प्रशस्त कर लिया....इसके लिए उन्होंने सरकार और प्रशासन में बैठे कुछ भ्रष्ट लोगो को रिश्वत देने से भी गुरेज नहीं किया | इससे उनका और भ्रष्ट लोगो का भी फायदा होने लगा |

रिश्वत क्यों......महाराज ? वहां पर दूकाने तो वो लोग वैसे भी लगा सकते थे !

नहीं गुरु जी, ऐसा नहीं है की कोई भी, कहीं पर भी दूकान नहीं लगा सकता| इसके लिए शासन, प्रशासन से अनुमति लेनी आवश्यक होती है | अगर उनके नियम का उलंघन हुआ तो इसके अवज में सरकार को भारी जुर्माना वसूल करने का प्रावधान है ! उससे बचने के लिए वो लोग शासन और प्रशासन में बैठे लोगो को रिश्वत देते हैं | उनकी सेवा करने के बाद उनको कोई डर नहीं होता है और वो बेधड़क अपना धंधा चलाते रहते हैं !

लेकिन महाराज.....वो सिद्ध पुरुष....कब तक वहां पर बैठे रहें और इतने लोगो के एकत्र होने पर भी उनकी समाधि भंग तो नहीं हुई ? सिद्ध लोग तो एकांत में रहकर ही तपस्या करते हैं फिर ये कौन थे और यहाँ पर क्या करने आये थे ? क्या आपने पता करने की कोशिश नहीं की ?

मैं भी उन आम लोगो में से ही था जो सिर्फ उन्हें तपस्या करते ही देख रहे थे | कुछ स्त्री पुरुष, सुबह शाम दूर से ही उनकी आरती उतारने लगे थे ! लोग का ऐसा मेला लगा रहता था और उन्हें, कोई अकेला छोड़ने को तैयार नहीं हो रहा था | दिन रात उनके चारो ओर लोगो का तांता लगा रहता था ! सिर्फ दोपहर का समय ऐसा होता था वहां पर लोग कम आते थे | दिनों दिन लोगो को घुमने-फिरने का स्थान मिल गया था | अपने-अपने बच्चो को लेकर एक तरह से सैर सपाटा करने के लिए, उस मैदान में एकत्र होने लगे |

लोग सिर्फ घुमने-फिरने आते थे या फिर वो लोग, उनके विषय में जानने के लिए भी उत्सुक थे......महाराज ?

गुरु जी,मैं भी सुबह अपने कार्यालय में जाते हुए वहां कुछ समय के लिए रुक जाता था और श्याम को काम से वापिस आते हुए भी वहां कुछ देर के लिए रुक जाता था | मेरा बेटा, मुझे बहुत समझाता था कि इन जैसे लोगो के चक्कर में मत रहो......पर मैं क्या करता ,गुरुजी...वहां पर कुछ देर रुकने से मेरा समय भी व्यतीत हो जाता था ! एक दिन मैंने अपने बेटे को, परिवार समेत वहां चलने को कहा |

फिर.....महाराज, आपका बेटा आपके साथ वहां पर गया ?

जी गुरुजी, छुट्टी वाले एक दिन वो,बहु और पोता,मेरे साथ उस मैदान में गए ! उनको तो वहां का माहौल देखकर एक मेले का सा अनुभव हुआ | तरह-तरह के झूले लगे हुए थे | जिसमे बच्चे झूल रहे थे | झुला झूलने के लिए मेरा पोता भी जिद करने लगा! तरह-तरह की खानपान की दूकाने लगी हुई थी ! मेरी बहु और पोते ने तो वहां बहुत आनंद उठाया लेकिन मेरा बेटा पूरा समय असहज महसूस करता रहा !

आपके बच्चो ने, क्या आपसे उन सिद्ध महात्मा के विषय में नहीं पूछा...महाराज ?

पूछा था....गुरु जी पर मुझे खुद नहीं पता था कि वो कौन हैं और यहाँ पर क्यों प्रकट हुए थे....तो मैं उन्हें क्या बताता ? मैंने बहुत कोशिश की लेकिन वहां पर उपस्थित किसी व्यक्ति को भी,उ नके यहाँ आने का कारण पता नहीं था ! जब वो अपनी समाधी से वापिस आयेंगे तो तभी पता चलेगा कि उन्होंने किस कारण से यहाँ पर समाधी लगाई है ?

फिर कैसे पता चला और कितने दिनों तक वो सिद्ध पुरुष समाधी में लीन रहे? महाराज.....

वो बहुत दिनों तक इस प्रकार ही एक ही मुद्रा में ही बैठे रहे ! लेकिन एक धूर्त व्यक्ति की वजह से,उनके समाधी में लीन होने का कारण पता चला ! गुरुजी....

वो कैसे.....महाराज....वो धूर्त व्यक्ति कौन था और उस धूर्त व्यक्ति ने क्या जुगत लगाई कि उनके इस हाल का पता चला.....?

जुगत कुछ नहीं लगाई.....मैंने उसे "धूर्त" इसलिए ही कहा की, उसकी इच्छा बहुत ऊंचाई पर जाने की थी लेकिन उसने वहां तक पहुँचने के लिए एक "चौपड़की चाल" चली ! इसके लिए उसने मेहनत तो की लेकिन उसके साथ छल कपट का सहारा भी लिया और किसी की भावनाओ का ख्याल भी नहीं रखा !

गुरुजी, धीरे-धीरे, उस धूर्त व्यक्ति ने शासन प्रशासन में बैठे अपने पक्ष के लोगो की मिलीभगत से अपने लिए वहीँ पास में एक मंच तैयार करवा लिया और उस मंच पर लोगो के लिए भजन कीर्तन का आयोजन करवाने लगा !

महाराज....फिर तो उन सिद्ध पुरुष के तपस्या में विघ्नं पड़ रहा होगा ?

मैंने भी यही सोचा की उनकी तपस्या में विघ्नं हो रहा होगा...लेकिन ऐसा नहीं था....वो इतने सिद्ध महापुरुष थे कि उन पर इस तरह के किसी प्रकार के शोरगुल का कोई असर दिखाई नहीं दे रहा था !

धूर्त व्यक्ति द्वारा किया जाने वाले भजन कीर्तन थोड़ी देर के लिए होते थे,उसके बाद वो लोगो को संबोधित करता था तरह-तरह के कहानी किस्से सुनाया करता था | लोगो को अपनी ओर आकर्षित करने की कोशिश करता रहता था ! कभी-कभी वो प्रसाद के रूप में लोगो को भोजन भी करवाता था | भोले-भाले लोग उसकी इस मंशा को समझ नहीं पा रहे थे ! धीरे-धीरे उसकी मण्डली में और भी लोग जुड़ने लगे वो भी उसी की प्रवति के थे ! कोई अपना व्यापार छोड़ कर उसके साथ जुड़ा था तो कोई अपनी बहुत अच्छी नौकरी छोड़ कर आया था !

ऐसा वो लोग क्यों कर रहे थे.....महाराज....उन लोगो का क्या मकसद था ?

गुरुजी, मैंने पहले ही कहा था कि वो सब अपनी राजनैतिक इच्छाओं को साधने का प्रयत्न कर रहे थे ! धीरे-धीरे वो इसमें कामयाब भी होते दिखाई पड़ रहे थे ! उन सबको अपनी मंजिल के विषय में तो पता था लेकिन किस प्रकार प्राप्त किया जाये यह समझ नहीं आ रहा था !

फिर उनका यह सब करना तो सब व्यर्थ गया होगा........महाराज ?

नहीं गुरुजी, उन धूर्त लोगो का सब कुछ व्यर्थ नहीं गया.....क्यों की एक योग होता है "राजयोग" ! शायद उन लोगो का यह समय चल रहा था ! दिनों दिन उनका नाटक चलता रहा | जब बहुत दिन हो गए तो एक रात को उन सिद्ध पुरुष अपनी तपस्या समाप्त की और आराम करने के लिए वहीँ पर लेट गए ! जब लोग सुबह-सुबह वहां पहुंचे तो उनको लेटे हुए देखकर बहुत खुश हुए | उनके खाने के

लिए तरह-तरह के फल इत्यादि ले आये | वहां का शोर सुनकर, उनकी आँख खुल गई | उन्होंने, जब उन लोगो का प्यार देखा तो उनको आशीर्वाद देने लगे !

महाराज......उनके तपस्या से वापिस आने पर किसी ने उनसे कुछ पूछा नहीं की वो कौन हैं और यहाँ पर किस प्रयोजन से आना हुआ है या फिर उनके आने में कोई और मकसद था ?

गुरुजी,सबने उनसे पूछने की कोशिश की लेकिन उन्होंने कारण बताने से मना कर दिया !

क्यों....महाराज ?

जैसे ही, उनके तपस्या के वापिस आने की यह खबर उस धूर्त व्यक्ति के पास पहुंची | वो तुरंत अपने साथियो के साथ वह आ गया और उनके लिए कई प्रकार के फल और पीने ले लिए फलो के रस को लेकर उनके चरणों में गिर गया |

उठो वत्स......ये क्या करे हो ? तुम कौन हो और यहाँ क्या कर रहे हो ? उन्होंने पूछा......

गुरु पिताजी, मैं एक सामान्य सा नागरिक हूँ | जब से आप तपस्या में लीन हुए थे तभी से मैं आपके समक्ष रोज अपनी हाजरी लगता रहा हूँ ! मुझे पता है कि कोई तो कारण होगा,जिस वजह से आप इस स्थिति में यहाँ पर हैं ! कोई सिद्ध पुरुष इस प्रकार का आचरण करे ये तो कोई सामान्य नहीं है ! उस धूर्त व्यक्ति ने कहा......

तुम्हे कैसे पता है ? मैं किस कारण से यहाँ पर हूँ ? उन्होंने पूछा.....

गुरु पिताजी, मैं यह तो जनता हूँ कि कोई इतना सिद्ध पुरुष यहाँ पर इस प्रकार तपस्या नहीं कर सकता ! उसने,उनसे फिर कहा......

लेकिन वत्स, पहले तुम बताओ कि किस प्रयोजन से मुझसे इतनी सहानुभूति दिखा रहे हो......?

गुरु पिताजी, मेरी बहुत दिनों से इच्छा हो रही थी कि मैं, अपने नगरवासियों की निस्वार्थ भाव से सेवा करूँ | लेकिन कोई मार्ग सूझ ही नहीं रहा था | जब से

आप यहाँ पर अवतरित हुए और भगवान् की भक्ति में लीन हुए | तभी से मेरे मन में भी इच्छा हुई की आपके द्वारा दिखाये मार्ग पर चलकर ही लोगो की सेवा की जाये ! इस कार्य को करने के लिए मैंने अपने साथीओं को भी एकत्र कर लिया है, जिससे अधिक से अधिक लोगो की सेवा की जा सके ! अगर आपका आशीर्वाद मिलता है तो हम इस नेक काम को आपके माध्यम से आगे बड़ा सकते हैं !

चलो मान लिया जाये कि तुम मुझसे निस्वार्थ भाव से लोगो की सेवा के कारण जुड़े हो......फिर तो तुम मुझसे जुड़े बिना भी तो लोगो की सेवा कर सकते हो ! अगर तुम मुझसे ही जुड़ना चाहते हो तो अपना पूरा परिचय बताओ !

गुरु पिताजी, मेरा नाम ज्ञानेंद्र है, मैं यहाँ पर गैर सरकारी संगठन से जुड़ा हुआ हूँ या यूँ कहें की यह संगठन मेरे द्वारा ही बनाया हुआ है ! इसके जरिये ही मैं लोगो की सेवा करता हूँ ! आरम्भ से ही मेरे मन ये बात आ गई थी कि मैं अपना सम्पूर्ण जीवन लोगो की सेवा में लगा पाऊं तो जीवन सफल मान लूँगा ! मैं यह काम तो बहुत वर्षों से कर रहा हूँ पर गुरु पिताजी, मेरे इस काम का कोई फल मिलता नहीं दिख रहा है ! उसने कहा......

फिर महाराज.....उन्होंने उसे क्या उत्तर दिया ?

गुरुजी, उन्होंने उसे कहा कि फल से तुम्हारा मतलब क्या है ? "कर्म ही सबसे बड़ा फल होता है".....कर्म करने से ही जीवन को सफल बनाया जा सकता है.....जरुरी नहीं की कर्म का फल मिले ! लोगो की दुआएं ही सबसे बड़ा फल होता है !

पर गुरुजी, जैसे कि मैंने पहले भी बताया था की वो एक धूर्त व्यक्ति था....उसने मुस्कराकर उनके उत्तर में कहा.....

गुरु पिताजी, आप ठीक कह रहे हैं पर सुकर्म करने का कुछ तो फल प्राप्त होना ही चाहिए ! फल मिलता रहे तो आगे और सेवा करने की प्रेरणा मिलती रहती है ! मुझे तो कुछ नहीं चाहिए...पर जो भी लोग मुझसे जुड़े हुए हैं....उनके भी परिवार हैं....वो उनकी देखभाल कैसे करेंगे ? वो भी अपना काम धंधा छोड़कर

लोकसेवा के लिए मुझसे जुड़े हुए हैं ! इसलिए कुछ ऐसा हो जाये की सब कुछ ठीक से चल निकले !

पर वत्स, मुझसे जुड़ने से तो तुम्हे कोई लाभ नहीं होने वाला है | मैं तो एक फ़कीर इंसान हूँ किसी को देने के लिए आशीर्वाद के अलावा मेरे पास कुछ भी नहीं है | मैं तो अपनी लड़ाई खुद ही लड़ लूँगा.......जब तुम्हारी आवशयकता होगी तो मैं तुमको अवश्य बताऊंगा....फिलहाल मुझे अकेला छोड़ दो तो इसमें दोनों की भलाई होगी !

लड़ाई....महाराज, वो किस लड़ाई की बात कर रहे थे ? फिर उस धूर्त व्यक्ति ने क्या जवाब दिया ?

गुरु जी,बहुत लोगो के आग्रह करने और विनती करने के बाद उन्होंने बहुत पूछने के बाद अपनी व्यथा बताई ! वो भी उस धूर्त व्यक्ति को क्योंकी वो उनका पीछा ही नहीं छोड़ रहा था ! उसको उन्ही के साथ होने से फायदा दिखाई दे रहा था तो उनका साथ कैसे छोड़ सकता था ! हमें तो जब लड़ाई शुरू हुई तो तब पता चला !

कैसी लड़ाई महाराज....?

गुरु जी, बात ऐसी थी कि जहाँ पर वो तपस्या कर रहे थे | वो एक बहुत मनोरम जगह थी | चारो ओर से पहाड़ो से घिरी हुई थी | बीच में एक पहाड़ को चीरते हुए एक झरना बहता था | उनकी वहां पर एक अस्थाई कुटिया थी ! बहुत समय से वहीँ पर वो तपस्या कर रहे थे ! एक दिन वहां पर कुछ सरकारी अफसर आकर उन्हें कहने लेगे कि आपको यह जगह खाली करनी पड़ेगी !

पर उन सरकारी अफसरों ने ऐसा क्यों कहा कि जगह खाली करनी पड़ेगी....वहां पर ऐसा क्या होने वाला था,जिसके वजह से उस जगह को खाली करवाने आये थे ?

उन्होंने बताया की सरकार का यहाँ पर, पानी को रोकने और उससे विद्युत बनाने के लिए एक बांध बनने का प्रस्ताव है !

ये तो अन्याय है....महाराज, वो तपस्वी अपनी साधना किसी निर्जन जगह पर कर रहा हो तो मनुष्य की नज़र उसके स्थान पर कैसे हो सकती है ? इस काम के लिये कम से कम उस निर्जन स्थान को छोड़कर कहीं दूसरी जगह का चयन कर लेते !

जी गुरुजी, उन्होंने उन सरकारी अफसरों से कहा था ! उन्होंने कोई संतोषजनक जवाब नहीं दिया !

लेकिन उनका कहना था कि सरकार में बैठे बड़े नेताओं ने आदेश दिया है कि शीघ्रतिशीघ्र यहाँ पर बांध का निर्माण करना है.....ताकि देश को पानी की समस्या से निजात दिलवाया जा सके और साथ ही साथ विद्युत की समस्या का भी हल निकल सके !

यह तो ठीक ही था...महाराज......पर उन सिद्ध पुरुष की कुटिया से अलग हटकर भी वो कार्य किया जा सकता था ?

उन्होंने, उन अधिकारीयों से बहुत विनती की लेकिन वो उनकी विनती मानने को तैयार ही नहीं हो रहे थे ! पहले तो वो, उन सरकार में बैठे बड़े अधिकारिओं से मिलकर उसका समाधान निकालने के लिए उनके पास गए लेकिन उन्होंने उन्हें कोई अहमियत नहीं दी ! उन्हें कोई तुच्छ सा मानव समझकर, उन्हें वहां से जाने के लिए कहा | आखिर मजबूर होकर उन्हें इस तरह का रास्ता अपनाना पड़ा और शहर में आकर इस तरह से अपने विरोध को प्रकट करना पड़ा !

लेकिन महाराज...इस तरह से मौन होकर तो उनकी आवाज कोई नहीं सुन पाया होगा.....अगर इस तरह वो वहां बैठे रहते तो इस कलयुग में तो लोग सिर्फ आनंद लेने के अलावा कुछ नहीं करते ! मैं ठीक कह रहा हूँ ना.....

जी,आप बिलकुल ठीक कह रहे हैं.....गुरुजी.....इस वजह से उन्होंने उस धूर्त व्यक्ति ज्ञानेंद्र का साथ लेने का मन बनाया | सिर्फ इतना करने के लिए की सरकार तक उनकी बात पहुँच जाये और पर्यावरण को होने वाले नुक्सान को बचाया जा सके ! उन्होंने यह भी अपने ह्रदय की बात बताई कि इसमें मेरा कोई स्वार्थ नहीं है | मेरी कुटिया तो एक छोटी सी निर्जीव वस्तु है....लेकिन वहां पर

तरह-तरह के जीवजंतु और फलदार वृक्ष हैं वो भी इस कार्य होने से, वहां से हट जायेंगे ! प्रकृति का बहुत बड़ा नुक्सान होगा !

बस फिर क्या था गुरुजी, उस धूर्त व्यक्ति ने उस मुद्दे को पकड़ लिया और सरकार के खिलाफ मोर्चा खोल दिया | गुरुजी, उन सिद्ध पुरुष ने, यह भी ऐलान किया था कि जब तक इस विषय में कुछ नहीं सोचा जाता तबतक मैं भी उपवास पर रहूँगा ! ना पानी पीऊंगा और ना भोजन करूँगा !

वहीं से उस धूर्त व्यक्ति ने अपने लिए अवसर तलाशना शुरू कर दिया...वो सिद्ध पुरुष तो उपवास पर बैठ गए....लेकिन उस व्यक्ति ने अपनी इच्छाओं की पूर्ति के लिए तरह-तरह के आडम्बर करने शुरू कर दिए !

किस प्रकार के आडम्बर....महाराज ?लोग क्या इतने भोले थे कि उसकी बातो में आने लगे ?

गुरुजी,उसने बहुत ही शातिर तरीके से अपने से जुड़े कई भोले भाले लोगो को छोटे मोटे लालच देकर अपने लिए प्रचार करने के लिए राजी कर लिया ! वो लोग उसके प्रचार में जुट गए.....उसने, उस समय की सरकार पर तरह-तरह के झूठे आरोप लगाने शुरू कर दिए ! अपने और अपने साथियो को इमानदार और मेहनती घोषित कर दिया !

किस आधार पर उसने अपने और अपने साथीओं को ईमानदार घोषित कर दिया..... महाराज, आपने शहर के लोग सब उस व्यक्ति को जानते थे, क्या ?

नहीं गुरुजी, इसी बात का तो लाभ उठाया उसने.....ज्यादातर लोग उसको नहीं जानते थे कि वो कौन था ? सिर्फ वोही लोग उसको जानते थे, जो या तो उसके साथ जुड़े थे या फिर उसके संगठन से मुफ्त में कोई लाभ उठा रहे थे ! कई लोगो को तो उसने कुछ न कुछ लालच का झांसा देकर अपने से जोड़ लिया था ! कुछ लोग, जिनकी इच्छा भी उस धूर्त व्यक्ति की तरह की थी वो भी अपना कारोबार छोड़कर उसके साथ जुड़ गए थे ! उस व्यक्ति ने,उस सिद्ध महात्मा को आगे करके अपना स्वार्थ सिद्ध करना शुरू कर दिया |

ये इंसान बहुत ही शातिर था, तो महाराज.......लेकिन कोई कुछ नहीं कर सकता......समय ही ऐसा चल रहा है ! किसी का भी पता नहीं चलता है कि कौन क्या सोच रहा है और उसके मन में क्या चल रहा है ?

आप ठीक कह रहे हैं.....गुरूजी उसने बड़े सुनोजित तरीके से अपना काम करना शुरू कर दिया ! धीरे-धीरे बहुत बड़े-बड़े लोग उससे जुड़ने लग गए | उसके पास बहुत अधिक मात्र में धनराशी दान के रूप में आने लेगी ! कुछ दिनों के बाद वो,उ न सिद्ध पुरुष के उदेश्य को तो भूल गया | अधिक से अधिक अपने लक्ष्य पर ध्यान देने लगा | जोर शोर से उसने अपने आसपास लोगो को जोड़ना शुरू कर दिया....जो भी लोग वहां पर आते थे | उनके सामने वो इस प्रकार से व्यवहार करता था की वो ही एक सत्यवादी, ईमानदार इंसान है |

ये तो सरासर....धोखा था, भोले भाले लोगो के साथ.....किसी ने उसको पहचाना नहीं कि वो क्या कर रहा है.....किस-किस को धोखा दे रहा था ?

कौन पहचानता....गुरुजी ? कोई भी व्यक्ति उसकी इस मन्शा को उजागर करने की कोशिश करता तो वो अपने साथियो को आदेश देकर उसका मुह बंद करवा देता था ! उसके बाबजूद, सबके सामने यह दर्शाता था कि कितना कोमल हृदय वाला व्यक्ति है !

गुरुजी.....बहुत दिनों तक यह तमाशा चलता रहा......एक दिन तो बहुत आश्चर्यजनक बात हुई !

क्या हुआ था....महाराज...... क्या उन सिद्ध पुरुष की मांगो को मान लिया गया था ?

नहीं गुरूजी, एक दिन सरकार का प्रतिनिधि उन सिद्ध पुरुष से बात करने के लिए आया.....उस धूर्त व्यक्ति ने उससे कहलवा दिया की वो किसी से बात नहीं करेंगे....वो तो यह चाहते हैं की जिस जगह पर वो बांध बनाया जाना है उसे टाल दिया जाये !

लेकिन उस सरकारी प्रतिनिधि ने उनसे बात करने की जिद्द की....उसने उससे, उनकी बात न करवा कर खुद ही बात करने के लिए उनकी कुटिया में चला गया ! उन सिद्ध पुरुष को बहला फुसला कर अपने आप को उनका प्रतिनिधि घोषित करवा दिया......कहा की जो भी बात करनी हो तो उससे बात की जाये !

सरकार की मज़बूरी थी.....वहां से जनता को हटाने और उन सिद्ध पुरुष की समस्या का समाधान करने के लिए कोई रास्ता निकला जाये | क्योंकी सरकार की साख पर सवाल पैदा हो गया था ! लेकिन उस कुटिल व्यक्ति ने उनको बहुत दिनों तक उलझन में रखा.....क्यों की उसको,ज नता के मध्य अपनी पैठ भी बनानी और बढ़ानी थी !

वो क्या करना चाहता था....महाराज ? क्यों की उन सिद्ध पुरुष को तो सिर्फ अपनी बात सरकार तक पहुचाने की थी ताकि उस पर्यावरण को नुक्सान कम से कम हो और जो सरकार की परियोजना थी, उसमे भी कोई व्यवधान न आने पाए !

पर गुरुजी, वो कुटिल व्यक्ति ने तो पहले से जो सोच रखा था ! उस बात को सोच कर ही अपनी कार्यसूची को आगे बढ़ा रहा था | कोई उसकी मंशा समझ नहीं पा रहा था और वो इतना शातिर था कि किसी को भी अपने से आगे नहीं आने दे रहा था ! उन महात्मा से वो ही बात करता था और अपने साथीओं से साथ आगे की रणनिति के विषय में विचार विमर्श करता रहता था ! एक तरह से.....गुरुजी, वो उनके कंधे का सहारा लेकर ऊपर जाना चाहता था और वो इसमें कामयाब होता दिख भी रहा था ! धीरे-धीरे लोग उसके विचार सुनने के लिए अधिक से अधिक मात्रा में आने लगे और उसके साथ जुड़ने लगे !

उन लोगो को लेशमात्र भी भनक नहीं लगी की ये कुटिल व्यक्ति आगे चलकर किस-किस को धोखा देने वाला है....महाराज ?

गुरूजी, उसने अपनी रणनीति इस प्रकार बनाई थी कि लोग उसके पाश में बंधते चले गए | उन्हें उसके अलावा कोई दूसरा दिखाई नहीं दे रहा था ! उस पर आँखे मूंदकर विश्वास करने लेगे थे ! थोड़ी दिनों में तो उसके लिए लोग आवाज उठाने लगे की उसे समाज का प्रधान बना दिया जाना चाहिए ! वो ही हमारी

समस्याओं का समाधान सही तरीके से निकाल सकता है और हमारे क्षेत्र का विकास भी उन्नत तरीके से हो पायेगा |

गुरुजी, जब उसे यह लगा की अब समय आ गया है, उन सिद्ध पुरुष से कैसे छुटकारा पाया जाये तो उसने वहां की सरकार से मिलीभगत से उन महात्मा को एक आश्वासन दिलवा दिया कि जो परियोजना सरकार वहां लाने वाली है उस पर पुनर्विचार किया जायेगा ! उसने,उ न्हें अपना उपवास समाप्त करने के लिए राजी कर लिया !

फिर क्या हुआ....महाराज ? उसके बाद तो वो सिद्ध पुरुष वहां से चले गए होंगे और जो मेला सा लगा रहता था वहां पर वो भी समाप्त हो गया होगा ?

हो तो जाना चाहिए था.....गुरूजी, पर वो इतना शातिर व्यक्ति था कि उसने उन्हें वहां से जाने नहीं दिया क्यों की अगर वो वहां से चले जाते तो सरकार किसी न किसी बहाने,उसको भी वहां से जाने के लिए कह देती.....फिर उसने जो योजना बनाई थी वो मिटटी में मिल जाती और सारी मेहनत व्यर्थ चली जाती ! उसने, उन महात्मा के विषय को लेकर अपना अनशन शुरू कर दिया....और सरकार को कहलवा दिया कि जब तक परियोजना को टालने का लिखित आश्वासन नहीं दिया जाता....तब तक वो बिना अन्न जल के उपवास रखेगा....और इसी तरह वो उपवास पर कई दिनों तक रहा !

बहुत शातिर व्यक्ति था वो....महाराज ? आप ठीक कह रहे हैं कि ऐसा तो केवल धूर्त व्यक्ति ही कर सकता है ! किसी के कंधे का सहारा लेकर अपनी इच्छाओं की पूर्ति करने की सोचता हो !

उसके इस कदम से और लोग उससे जुड़ने लगे ! देखते ही देखते, उन सिद्ध पुरुष की अहमियत बहुत कम हो गई और उस धूर्त व्यक्ति की प्रतिष्ठा चरम पर पहुँच गई ! धीरे-धीरे वो इतना प्रसिद्ध हो गया कि उसने अगले चुनाव में प्रधान का पद हासिल कर लिया और शहर को अपने हिसाब से चलाने लगा ! जो उसका मन करता था, वोही काम, वो दुसरो पर थोपने का प्रयत्न करता था ! वो लोग उससे से जुड़े हुए थे,उनमे से कुछ लोग उसके किये हुए कामो से संतुष्ट नहीं हुए तो वो

उसका विरोध करने लेगे थे लेकिन वो उनकी एक नहीं सुनता था, सिर्फ अपनी योजनाओं को कार्यान्वित करवाने का प्रयास करता था !

उन महात्मा का क्या हुआ....महाराज ? वो भी उनके साथ ही रहे ?

नहीं गुरुजी, वो तो सिद्ध पुरुष थे, वो तो सबकी मन की बात जान लेते थे | उसके विषय में भी उनको सब पता लग चूका था लेकिन वो क्या करते, मज़बूरी में ही सही, उन्होंने उसका साथ दिया था ! जिसका उसने बहुत अधिक लाभ उठाया था ! जब उन्हें लगा की अब यहाँ रहने से कोई लाभ नहीं ! वहीं अपने स्थान पर जाकर अपनी तपस्या में लीन होने में ही भलाई है, मनुष्य तो हमारे जैसे लोगो का लाभ लेने से भी नहीं चूकता है तो फिर वो वहां से चले गए और जाकर अंतर्ध्यान हो गए !

ये धूर्त व्यक्ति कभी-कभी उनसे मिलने जाता था लेकिन वो इसकी चाल समझ गए थे | उन्होंने भी उसको अहमियत देना बंद कर दिया था | उसके बाद वो कभी उससे मिलने नहीं गया और लोगो पर शासन करने में व्यस्त हो गया | देखते ही देखते उसमे इतना घमंड हो गया की उसने अपने सामने किसी को कुछ नहीं समझा ! उसने धीरे-धीरे, अपने पुराने साथी, जिन्होंने उसके आगे बढ़ने में, तन-मन-धन से सहायता की थी ! उनमे से जो उसके द्वारा किये अनुचित निर्णय का विरोध करते थे | उन्हें एक-एक करके निकालता चला गया ! सिर्फ उन्ही लोगो को उसने अपने साथ रखा जो उसकी हाँ में हाँ मिलते थे ! उसने छलकपट से उन लोगों के बीच इस प्रकार स्थापित कर लिया कि अगर वो नहीं होगा तो कुछ नहीं होगा.......और गुरुजी, लोग भी उसके निर्णयों पर आँख मूंद कर विश्वास करने लगे | जो भी उसके खिलाफ आवाज उठता तो उसी समय उसको, अपने से अलग कर देता था और अपने साथीओं को आदेश देता था की कोई भी उससे से सबंध नहीं रखेगा !

हे परमात्मा.....इस कलयुग में ऐसे-ऐसे भी लोग हैं जो अपनी महत्वकांक्षा को पूर्ण करने के लिए किसी से भी छल करने से नहीं हिचकते ! किसी को कोई सम्मान देना तो दूर, काम निकलने के बाद तो उनका तिरस्कार करना तो उनके लिए तुच्छ सी बात हो गयी है ! लेकिन एक बात और है महाराज, जिस धरती पर

इंसान ने जन्म लिया हो वो धरती अपनी माँ के समान होती है....उसके साथ गद्दारी और छलकपट तो अपनी "माँ" के साथ गद्दारी ही कहलाती है.....धरती माँ उसे कभी भी माफ़ नहीं करती और उसका फल उसे कभी न कभी भुगतना पड़ता है !

महाराज.....इतना बड़ा धोखा तो हमने अपने समय में कभी नहीं देखा था, जो आप यहाँ पर रहकर देख रहे हैं | आपकी की हिम्मत को, मैं प्रणाम करता हूँ कि यही सब देखने के लिए आपने इस धरती पर पुनः जन्म लिया.....महाराजा हरीशचन्द्र, आप महान हैं !

गुरुजी, मैं भी उसके अनुचित कार्यों के विरोध में था ! लेकिन मैं क्या करता | उसके इतने अंधभक्त थे कि अगर मैं उनसे कहता तो वो मुझे ही धमकी देने की चेष्टा करते | मैं भी मन मार के रह जाता ! मैंने सोच लिया था गुरु जी कि जैसा परमात्मा चाहता है, होता तो वैसा ही है.....इसमें कोई कुछ नहीं कर सकता !

महाराज......उसके शासनकाल का क्या हुआ ? वो कितने दिनों तक चला......?

गुरुजी, कपट के साथ पाया हुआ कुछ भी, बहुत अधिक समय तक नहीं टिक सकता....प्रकृति भी उसको, उसके किये की सजा जरुर देती है | हम तो यह समझते हैं कि हमारे किये का दुष्फल तो हमें नहीं मिलने वाला है ! जब हम इतने अच्छे भाग्य के सहारे यहाँ तक पहुँच गए हैं तो हम अब कुछ भी कर ले हमें कोई नुक्सान नहीं पहुंचा सकता | इसी सोच से हम यह भूल जाते हैं कि हम एक नश्वर देह लेकर, इस मृत्यु लोक में आये हैं | हमें मानव जीवन इसलिए मिला है कि जो प्राराब्द में हमने कर्म किये है उसका शेष फल भी तो हमें ही भुगतना होता है और आगे हम ऐसे कर्म करें कि हमें जीवन मरण के चक्र से छुटकारा मिल जाये !

लेकिन गुरुजी, ज्ञानेंद्र जैसे लोग तो अपने आप को प्रकृति से भी ऊपर मानते हैं ! दिन प्रति उसकी छवि और प्रतिष्ठा में निरंतर कमी होती चली गई ! इसी वजह से वो बहुत परेशान रहने लगा और इसी उधेड़बुन में उसने कई बार बहुत गलत निर्णय लिए ! कुछ दिनों के बाद उसने अपने रहे बचे हुए साथियो से भी उपेक्षितो जैसा व्यवहार करना शुरू कर दिया तो उन लोगो ने भी धीरे-धीरे उसके मनोवांछित

कार्यों में साथ देना कम कर दिया.....इस वजह से उसने सोचा की अब मेरे ऊपर ये लोग हावी हो रहे हैं तो उसने एक चाल चलते हुए उनमे से बहुत से लोगो को अपने से अलग कर दिया | जिससे हुआ ये की उसकी पकड़ समाज पर कम होती चली गई और आने वाले समय में उसकी बहुत बड़ी हार हुई !

वो क्षणभर में आकाश से जमीन पर आ गया....कोई साथ देने वाला नहीं बचा....वो रुतबा नहीं बचा......सब धीरे-धीरे उसका साथ छोड़ते चले गए और एक दिन ऐसा आया की वो अपने जीवन में बिलकुल अकेला हो गया !

इसलिए कहते हैं गुरुजी, इस धरती पर घमंड तो किसी का भी नहीं रहा ! उसका तो ऐसा हाल तो होना ही था, उसने इतने बड़े सिद्ध पुरुष के साथ छल किया और लोगो को भी अपने गलत निर्णय का भुक्तभोगी बनाया ! भोलेभालो लोगो को पल-पल ठगा, सिर्फ अपने तुच्छ स्वार्थ के लिए ! इस तरह के इंसान को सबक, सिर्फ प्रकृति की सिखा सकती है ! अब वो कहाँ है किसी को कुछ नहीं पता, लोगो का कहना है की अब उसके कर्म भोगने के दिन शुरू हो गए हैं जब तक अपने पाप को नहीं भुगत लेता तबतक उसका कुछ नहीं हो सकता |

महाराज......जब आप जैसे इमानदार, दयावान, शूरवीर और वचन को निभाने वाले, एक महान आत्मा को इतने दुःख देखने पड़े थे तो ऐसे लोगो की क्या हस्ती है जो प्रकृति की मार से बच जाएँ !

महाराज....मुझे यहाँ पर आये बहुत समय हो गया है और वहां की परमात्मा मेरा इन्तजार कर रहीं होंगी ! अब मुझे जाने की आज्ञा दें ! मुझे जिस महत्वपूर्ण काम के लिए भेजा गया था ! अब वो पूर्ण हो गया है जो भी मुझे आगे का आदेश होगा मैं फिर आपके पास आऊंगा.....

लेकिन गुरुजी, मुझे भी साथ ले चलो....मेरा,यहाँ से चलने का समय हो गया है....मैंने अपने लगभग समस्त कर्तव्य पूर्ण कर दिए हैं.....

नहीं अभी आपको एक काम करना शेष रह गया है......महाराज ! उसके किये बैगर तो मैं आपको चलने के लिए भी नहीं कह सकता ! इस समाज को अभी

आप जैसे इमानदार, दयावान, शूरवीर और वचन को निभाने वाले, एक महान आत्मा की आवश्यकता है....जो समाज को एक सही राह पर ले जाये !

लेकिन गुरूजी,इ स समाज में मेरे जैसे व्यक्ति की कोई अहमियत नहीं है और न ही यहाँ पर कोई धर्म की बात समझता है ! आप ही बताओ की मैं किस प्रकार धर्म की स्थापना कर पाउँगा.....इस निर्दयी समाज में !

आप ठीक कह रहें है.....महाराज, आप तो कह रहे थे कि आपके बेटा बहु अपने रिश्तेदारों के यहाँ गए हैं......वो अब आने वाले होंगे ! तनिक उनसे तो मिल लो, फिर मैं आपको ले चलने की सोच सकता हूँ !

गुरुजी.....आप यह तो ठीक कह रहें हैं पर अगर मैं उनसे मिल लिया तो मेरा मोह उनके प्रति फिर जुड़ जायेगा....और फिर मैं आपके साथ नहीं चल पाउँगा......

महाराज.......आपके घर के चारो ओर बहुत से लोग खड़े हैं....शायद आपके बेटे, बहु और पोता आ गए हैं ! अब मैं चलता हूँ.....मैं आपको उसी सामान्य मनुष्य की स्थिति पर लाकर छोड़ जाता हूँ......मैं फिर आऊंगा आपसे भेंट करने के लिए ! अलविदा महाराज अपना ध्यान रखना !

गुरुजी,आप कहाँ खो गए हो.....दिखाई भी नहीं दे रहे हो !

अपने अतीत से हरी अपने इस जन्म में लौट आये......उन्हें ऐसा लग रहा था कि पता नहीं कितने साल के बाद, इस समाज में वापिस आयें हैं ! उनके सिर में बहुत तेज़ दर्द हो रहा था.....ऐसा लगा की शरीर में कोई ताकत नहीं बची है !

'बाहर से लोग उनका दरवाजा बहुत जोर-जोर से पीट रहे थे......वो बहुत मुश्किल से उठे और दरवाजा खोल दिया !

बाहर का नज़ारा देखकर तो ऐसा लगा की पता नहीं कितने दिन हो गए हो......लोगो को देखे हुए !

पिता जी ! आपको क्या हो गया था ?ह म तो बहुत देर से आपके कमरे का दरवाजा खटखटा रहे हैं....लेकिन आपकी कोई आवाज नहीं आ रही थी !

बेटा ! पता नहीं मुझे क्या हो गया था......तुम सब हो आये..... वहां का समारोह कैसा रहा !

सब ठीक रहा पिता जी......बस आपके लिए बहुत चिंता हो रही थी ! अब जब आपको देख लिया है....सब ठीक देखकर मन को शांति मिली है ! पिता जी......आपके खाने के लिए कुछ बनाना है ?

बस बेटा.....एक कप चाय बना दो और तुम भी आराम कर लो !

कुछ समय के बाद........

महाराज...महाराज......हरीशचन्द्र जी.....उठो मैं आ गया हूँ ! आराम कर रहे हो क्या ? ऐसा लगता है, बहुत थक गए हो आज ?

आप तो कहकर गए थे कि मैं अब आपसे फिर मिलने आऊँगा..... आपसे मिलने का, मैं तभी से इंतजार कर रहा हूँ....शायद आप भी व्यस्त हो गए होंगे अपने महत्वपूर्ण कार्यों मे, इसलिए यहाँ आने में इतनी देर कर दी ?

नहीं महाराज...मैंने पहले भी आपसे मिलने की इच्छा जाहीर की थी ! उस समय मैंने देखा की आप अपने कार्यों को निपटने मे स्वयं बहुत व्यस्त थे ! फिर मैंने आपसे कहा था जैसा चित्रगुप्त जी का आदेश होगा, उसी अनुसार मैं आपसे भेंट करने चला आऊंगा ! आप शायद वो बात भूल गए हो.....महाराज |

जी गुरुजी, जब आप चले गए थे | तब से लेकर आजतक मैं अपने निजी कार्यों में इतना मग्न और व्यस्त हो गया था कि मुझे स्मरण भी नहीं रहा कि आपसे भेंट भी हुई थी या नहीं | उस समय, आपने क्या बात की थी ? कुछ स्मरण ही नहीं   रहा !

गुरुजी आज मुझे सरकार तय समयनुसार नौकरी से सेवा मुक्त कर रही थी | इसलिए मुझे अपनी कार्यालय के काम की जुम्मेदारी किसी अन्य कर्मचारी को स्थान्तरित करनी थी ! बस उसी कार्य में लगा हुआ था और गुरुजी आज मैं अपने कार्यालय के कार्य से मुक्त हो गया हूँ ! समाज की परंपरा के अनुसार जब कोई अपनी नौकरी से सेवानिवृत होता है तो कुछ अपने साथी कर्मचारियों को अपने आवास पर भोज के लिए आमंत्रित करना होता है ! इसी कार्य मे मुझे आज देर हो

गई और मैं थक भी गया इसलिए मुझे नींद भी आ गई ! आपकी मधुर आवाज सुनकर मेरी नींद खुली !

इतनी रात गए.....आपको परेशान तो नहीं किया महाराज....? मुझे एक अति महत्वपूर्ण काम के संदर्भ मे, आपके पास भेजा गया है !

बताइये, गुरुजी, क्या काम है मुझसे.....? कोई अत्यंत महत्वपूर्ण काम ही लगता है, जिस वजह से आपको, इतनी रात कोमेरे पास आने का कष्ट उठाना पड़ा!

आप ठीक कह रहें हैं...महाराज, लेकिन मैं उस काम को आपको सबसे अंतिम समय मे बताऊंगा ! वैसे मैं सच बताऊँ तो आपसे एक आग्रह करने के लिए मुझे भेजा गया है !

क्या आज्ञा है...मैं आपकी किस प्रकार से सेवा कर सकता हूँ, गुरुजी ? थोड़ा विस्तारपूर्वक बताइए....नहीं तो मन मे चिंता बनी रहेगी कि आप किस बात का आग्रह करना चाहते हैं !

आप निश्चिन्तरहें महाराज.......जब मैं पहली बार आपसे मिलने आया था तब आपने मुझसे विनती की थी बस वो ही बात थी और आपसे,उसी का आग्रह करना था ! लेकिन छोड़ो, आपने अपने छोटे से परिवार के विषय मे विस्तार से नहीं बताया था ! मेरे मन मे अब, उनके विषय मे जानने की जिज्ञासा उत्पन्न हो रही है ! अगर आप मुझे इस विषय मे बता सकें तो मेरे भी मन की जिज्ञासा शांत हो जाएगी !

जी गुरुजी, मैं आपको अवश्य ही बताऊंगा ! गुरुजी, जैसे की मैंने अपने बेटे की पहली पत्नी के विषय मे बताया था की उसकी सोच क्या थी और हम उससे किस प्रकार परेशान हो गए थे इसी वजह से मैंने, उसको अपने बेटे से अलग करवा दिया था ! लेकिन गुरूजी, मैं उस वक्त भी इसे अलग करने से दुखी था.....क्यों की कुछ भी हो जाये मेरा अपना मन किसी को दुःख नहीं देना चाहता.....फिर भी ना चाहते हुए भी मैंने उसे अलग करने में अपने बेटे की मदद की....इसमें सफल भी हुआ |

वो तो मुझे याद है, महाराज ! आपने उसको अलग करने के लिए बहुत दुखी मन से निर्णय लिया था | उस कृत्य में आपकी और आपके बेटे की इसमें बहुत गलती

नहीं थी ! अगर आपकी बहु आपसे ठीक व्यवहार करती तो वो कदम आपको उठाना ही नहीं पड़ता ! जाने दो महाराज....जो हुआ सो हुआ, होनी को कौन टाल सकता है | मैं तो आपके बेटे की दूसरी पत्नी के विषय मे जानना चाहता हूँ ! क्या वो भी उसी प्रकार व्यवहार कर रही है या उसकी कार्यशैली कोई परिवर्तन आया है ?

गुरुजी, मेरी बहू, बहू नहीं है वो तो शक्षात "लक्ष्मी" का रूप है | जब से वो हमारे घर विवाह होकर आई है मानो हमारे घर मे बसंत का मौसम आ गया है | वो हमेशा ऊर्जा से ओतप्रोत रहती है | आलस तो उसके करीब भी नहीं आया हो, ऐसा प्रतीत होता है |

गुरुजी, इंसान के संस्कार से, उसके परिवार के संस्कार का पता चलता है | उसके परिवार वाले बहुत मिलनसार हैं | मेरी बहू ने उनको कहने का कोई मौका भी नहीं दिया है ! हमे तो वो कभी भी शिकायत का मौका नहीं देती है | कहने से पहले ही सबके लिए जो काम करना होता है, वो पूर्ण कर देती है | गुरुजी, कभी-कभी तो मुझे ऐसा एहसास होता है की पिछले जन्म मे वो मेरी "माँ" ही रही होगी !

"माँ"....आप तो अपनी बहू की बहुत प्रसंशा कर रहे हैं....महाराज | इस कलयुग काल मे भी इस प्रकार के संस्कारिक लोग हैं !

गुरूजी मैंने उसे "माँ" के समतुल्य इसलिए कहा कि वो मेरे भलाई के लिए मुझे आदेश देने से भी नहीं हिचकती ! मैं भी उसका आदेश को सहृश्य ही मान लेता हूँ क्यों की मेरे ही भलाई के लिए कार्य करती और आदेश देती है !

गुरुजी, सच पूछो तो मैं पहली बार जब उसको अपने घर, बेटे की पत्नी बनाकर लाया था तो कुछ शंका मे था कि कहीं ये भी तो उसी प्रकार का व्यवहार तो नहीं करेगी | लेकिन भगवान जी की बहुत कृपा रही और बहु के सुसंस्कार होने की वजह से ऐसा कुछ नहीं हुआ |

बहू, हम सबके उठने से पहले सुबह शीघ्र उठ जाती है | नहा धोकर, मंदिर कि सफाई करके थोड़ी देर पूजा करती है | उसके बाद वो अपने पति यानि मेरे बेटे को उठती है | जब-तक उसके कार्य पर जाने का समय होता है तब-तक वो सबके

लिए सुबह का नाश्ता और बेटे के लिए दोपहर का खाना बना देती है | उसके बाद सुबह के काम से निपट कर, मुझे उठाने आती है | जबतक मैं नहा धोकर आता हूँ, तबतक मेरे लिए अलग से, मेरी पसंद का नाश्ता तैयार करके मेरे पास ही रख देती है | बहुत ही सेवाभाव से, मेरी अपने पिता के समतुल्य देखभाल भी करती है | क्यूँ कि गुरुजी, जब वो छोटी सी थी तभी उसके पिताजी का देहांत हो गया था | मैं भी गुरुजी उसको अपनी बेटी के समतुल्य आदर देता हूँ | उसके रहते हमे किसी प्रकार की कोई चिंता नहीं रहती है | घर का सब कार्य अपनी जुम्मेदारी समझकर कर लेती है | मैं तो यह मानता हूँ कि मेरे बेटे की बहू जैसी बहू तो सभी को दे | इससे घर-घर मे होने वाले क्लेश का वातावरण समाप्त हो जाएगा और लोगो का जीवन सुखमय व्यतीत हो जाएगा |

गुरूजी, मैं तो यह मानता हूँ की जीते जी इंसान को स्वर्ग जब मिलता है जब उसके बच्चे संस्कारी और घर में शांति बनी रहती हो | दूसरा स्वर्ग तो हमें संसार से विदा लेने पर ही नसीब होता है, वो भी किसी-किसी नेक और परोपकारी को प्राप्त होता है | जो इंसानों को अपने कर्मो के अनुसार ही निर्धारित होता है कि उसको स्वर्ग प्राप्त होगा या नरक !

गुरूजी,मैंने यहीं धरती पर दोनों को महसूस किया है |

कैसे महाराज......क्या यहाँ भी स्वर्ग-नरक होता है ?

जी गुरुजी,यहाँ भी स्वर्ग और नरक होता है | जो इंसान, संस्कारिक बोझ के साथ-साथ प्रभु के प्रति समर्पित होता है उसको यहाँ पर स्वर्ग प्राप्त होता है | लेकिन अगर कोई इंसान आपराधिक कार्यो में लिप्त होता है | वो संभवता नरक में वास करता है क्योंकी आपराधिक कार्यो को करने में उसे कैसे कार्यान्वित करना है, उसकी चिंता करनी होती है | हम सबको ज्ञात है की चिंता तो चिता का कारण होती है | लेकिन जो भगवान् के प्रति समर्पित होता है, उसके समस्त कष्ट, प्रभु अपने ऊपर ले लेते हैं और उसे चिंतामुक्त कर देते हैं |

आप ठीक कह रहे हैं...महाराज ! आपने मुझसे से वादा किया था मैं अपने परिवार से आपको मिलवाऊंगा | अब समय आ गया है की आप मुझसे,अपने परिवार से मिलवा दीजिये !

जी गुरुजी, मैं आपको जरुर मिलवा देता.....पर अभी तो इतनी रात हो रही है....वो भी मेरे साथ ही सोये थे.....भोज का सारा कार्य भी मेरे बेटे-बहु ने संभाल रखा था | इस वजह से वो मुझसे भी अधिक थक गए होंगे....अगर आप भोर होने का इन्तजार कर सकें तो मैं आपको अवश्य उनसे मिलवा दूंगा !

महाराज......मैं भी आपसे अभी मिलवाने की जिद नहीं कर रहा हूँ...जब तक मैं आपको उस आदेश से अवगत करवा देता हूँ जो मुझे चित्रगुप्त जी से प्राप्त हुआ है !

जी गुरूजी....मैं तो अपनी बहु की प्रसंशा करने इतना मग्न हो गया था कि.....उसके विषय को तो भूल ही गया ! आपसे आग्रह है कि शीघ्रता से वो आदेश बताने की कृपा करें |

महाराज......बड़े दुखी मन से आपको मैं बता रहा हूँ कि चित्रगुप्त जी का आदेश है की अब आपका समय इस सृष्टि पर समाप्त हो गया है..... इसलिए आपको साथ ले चलने का आदेश मिला है, मुझे ! लेकिन मैं आपके परिवार से मिले बगैर नहीं जाऊंगा !

गुरूजी, ये तो आपने बड़ी ही दुख भरी और आनंद देने वाली बात बता दी, मुझे......

महाराज......अब क्यों उदास हो रहे हो.....जब मैं पहली बार आपसे मिला था तो आपने मेरे साथ चलने का आग्रह किया था......

गुरुजी, मुझे तो आपके साथ चलने में अभी भी कोई परेशानी नहीं है....बस मैं इतना चाहता हूँ कि अब मैं नौकरी से मुक्त हो गया हूँ तो थोड़े समय के लिए अपने परिवार के साथ समय व्यतीत करूँ और अपने पोते के साथ खेलूं !

महाराज......इस सन्दर्भ में, मैं आपकी कोई सहायता नहीं कर सकता है ! जैसा की आप जानते हैं कि जिस का भी समय समाप्त हो जाता है तो उसे तुरंत ही वैकुण्ठ धाम जाना होता है.....इसलिए मैं आपसे विनती कर रहा हूँ कि आप मेरे साथ चलने की इच्छा प्रकट करें ! जब तक आप इच्छा प्रकट नहीं करेंगे तो मैं भी आपको ले चलने में असमर्थ रहूँगा !

लेकिन गुरुजी, इस मृत्युलोक से जो भी जाता है...क्या सभी की इच्छा पूछी जाती है या फिर उसको समय के अनुसार बुलवा लिया जाता है ?

महाराज....जैसे आपको पूर्व ही ज्ञात है कि चित्रगुप्त जी द्वारा घोषित समय के अनुसार उस इंसान का मोह भंग कर दिया जाता है....मोह भंग होने से उसकी इच्छा भी नहीं रहती, फिर उसे अपने पास बुला लिया जाता है | उसके कर्म के अनुसार उसे धाम प्राप्त होता है या फिर वो जीवन मरण के चक्र में फिर वापस आ जाता है ! लेकिन आपके विषय में ऐसा नहीं है क्योंकी आप अपनी इच्छा से इस मृत्युलोक में आये थे ! जबकि आप जनम-मरण के चक्र से मुक्त थे ! इस वजह से आपकी इच्छा जानना जरुरी हो गया है !

लेकिन गुरु जी, आप तो मेरे परिवार से मिलने की इच्छा प्रकट कर रहे थे.....क्या आपका बिना मिले ही चलने का इरादा है?

नहीं महाराज, अब सुबह हो चली है.....आपकी बहु, आपको उठाने के लिए आने वाली होगी.....अगर आपकी आज्ञा हो तो हम दोनों यहाँ से चलते है.....कुछ दूर चल रूककर आपके परिवार से दूर से ही मिल लेंगे.....अगर आप पहले मिले तो आपका उनसे मोह भंग नहीं हो पायेगा और आपको, मेरे साथ चलने में अधिक कष्ट होगा! क्या कहते हो महाराज ?

आप ठीक कह रहे हैं, गुरूजी.....चलो अब चलते हैं......कुछ दूरी पर रूककर मैं आपको अपने परिवार से मिलवा दूंगा......

कोई दरवाजा खटखटा रहा है.....शीघ्र से उठिए....महाराज, अगर कोई अंदर आ गया तो हमारा चलना कठिन हो जायेगा |

जी गुरूजी, चलते हैं.....मैं दरवाजे की चटकनी खोल देता हूँ....

हाँ.....यहाँ पर रुकना ठीक रहेगा.....अभी शायद बहु आती होगी.....वह सुबह-सुबह मेरे लिए चाय लेकर आती है.....चाय पीकर, थोडा घूमकर मैं फिर उसके बाद नहाने जाता हूँ.......देखिये गुरूजी, ये मेरी बहु है | जिसके हाथ में चाय का प्याला है.....

महाराज....रुकिए ! तनिक सुनते हैं ! वो, आपसे क्या कह रही है?

पिता जी, आपके लिए चाय रखी है.....शीघ्रता से उठ जाइये और नहा लीजिये....आज के समाचार पत्र में आया है कि आज पानी शीघ्र चला जायेगा.....फिर पता नहीं कब आएगा !

महाराज.....आप ठीक कह रहे हैं की आपकी बहु तो लक्ष्मी का रूप लग रही है ! वो तो आपको, आपकी बेटी या माँ की तरह ही अधिकारवस कहकर चाय रखकर ही चली गई है......अब कब आएगी आपको फिर जगाने के लिए...?

गुरूजी, अभी मेरा पोता उठा नहीं होगा.....वो उसको लेकर ही मेरे पास आती है....मेरा पोता ही मुझे हिला-हिला कर उठाता है !

देखो....गुरु जी, आज तो कमाल हो गया है ! मुझे उठाने के लिए ये तीनो ही आये हैं....शायद बेटे को शीघ्र कार्यालय जाना होगा या फिर उसको जरुरी काम होगा मुझसे.....हाँ गुरूजी, याद आया की कल मैं और मेरा परिवार महमानों के आवभगत में तल्लीन थे | काम अधिक होने की वजह से थक भी गए थे इसलिए वो मेरी थकावट के विषय में पूछने आया होगा ! लेकिन उन्हें पता नहीं कि अब मैं उस शरीर में नहीं हूँ !

जी महाराज.....शायद वो सब आपकी तबियत के विषय में ही पूछने आयें हैं....देखिये महाराज, अब आपका पोता आपको जगाने की कोशिश कर रहा है....दोनों बेटा और बहु भी आपको हिला-हिलाकर जगा रहें हैं !

अब चलिए गुरु जी....हम यहाँ से चलते हैं....मुझसे यह प्रकरण नहीं देखा जा रहा है.....अब वो कुछ देर में ही मेरे शरीर को पूरे विधि-विधान से अग्नि को समर्पित कर देंगे.....

चलिए महाराज.......हमें बहुत दूर जाना है......अंतिम बार आप अपने परिवार को आशीर्वाद दे दीजिये !

ठीक है गुरुजी......जैसा आप कहें ! मेरा और आपका आशीर्वाद हमेशा मेरे परिवार पर बना रहे.....ना चाहते हुए भी आशीर्वाद देकर, मैंने अपने परिवार को रोता बिलखता छोड़ दिया......

अब चलिए..........गुरूजी !

***

कबीर इस संसार को, समझाऊ कै बार |
पूँछ जु पकड़ै भेड़ की,उतर्या चाहै पार ||

www.ingramcontent.com/pod-product-compliance
Lightning Source LLC
LaVergne TN
LVHW061618070526
838199LV00078B/7324
* 9 7 8 9 3 5 9 8 9 8 6 9 8 *